U0107975

7700313

尹明华　主编

激荡

文化讲坛实录 5

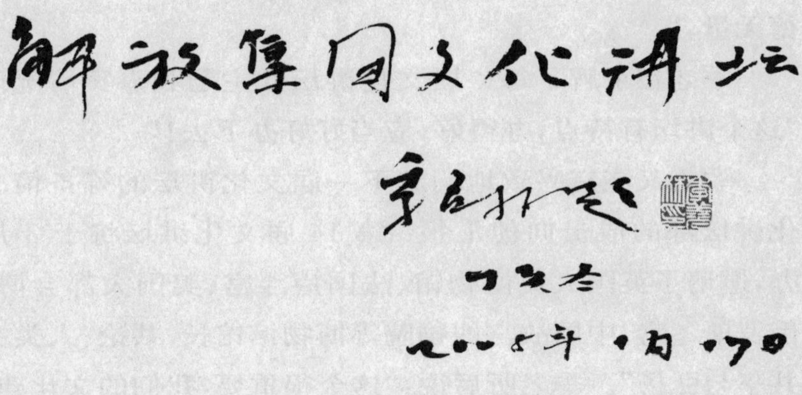

解放集团文化讲坛

季羡林

一又一

二〇〇八年 1月 17日

季羡林盛赞解放日报报业集团文化讲坛
"办得好，好好办下去！"

　　本报讯（记者　高慎盈　尹　欣　吕林荫）学术泰斗季羡林先生听取解放日报报业集团文化讲坛的情况汇报后，赞扬文化讲坛"对于推进文化建设功德无量"，并欣然提笔为文化讲坛题名（见上图）。

　　2008年1月17日上午，在北京三〇一医院的康复楼里，今年98岁的季羡林先生破例安排时间，专题听取解放日报报业集团文化讲坛的情况汇报。

　　文化讲坛部的成员向季老汇报，文化讲坛以传承与弘扬中华文化、推进和谐文化建设为宗旨，至今已举办了13届，先后邀请了40多位文化名人纵论多个文化主题，影响力不断提升。

季老听后非常高兴，他说："这是件好事，对于推进文化建设功德无量。"

季老在了解了每一届文化讲坛的主题和嘉宾情况后，说："这个讲坛有特点，办得好，应当好好办下去！"

季老又饶有兴致地问起下一届文化讲坛的筹备情况。文化讲坛部的成员向他汇报：第 14 届文化讲坛将于 3 月份举办，邀请了英国大英博物馆、法国卢浮宫、美国大都会博物馆、俄罗斯冬宫、中国故宫博物院等博物馆馆长，共论"人类文明的共享与弘扬"。季老听后说："这个很重要，我们的文化建设，一定要重视文化交流，既要送出去，也要引进来。"

在欣然提笔为解放日报报业集团文化讲坛题名之后，谈兴甚浓的季羡林先生又接受了本报记者的独家专访。

（原载《解放日报》2008 年 1 月 22 日第 1 版）

序：文化讲坛对我们意味着什么

一

凯恩斯在他的《通论》一书中的结论是："真正对一个社会产生好与坏影响的，不是既得利益，而是思潮或思想。"

已连续举办几年的解放日报报业集团文化讲坛，是一个激情励志的平台，一个思想涌流的平台。

我们以文化讲坛的名义，成功地邀请了英国大英博物馆、法国卢浮宫、美国纽约大都会博物馆、俄罗斯冬宫、中国故宫博物院等世界最为著名的五家博物馆的馆长会聚上海，和我们上海博物馆馆长一起，畅谈"人类文明的共享和弘扬"。

以文化讲坛的名义，我们实现了曾被中国故宫的专家们认为是不可能做到的梦想，未可撼动地展现出创意的美妙和魅力。

以文化讲坛的名义，我们尝试了用"请进来"的方式，以文化为纽带，通过包括俄罗斯图文通讯社等在内的国内外数十家报纸、电视、网站的报道，将世博会前的上海风貌、上海形象进一步"走出"国门，向世人作了生动具体的展示。同时探索了国内报业做好外宣工作的新途径，即：如何立足本地，面向世界，为国家的对外交往和经济融合进行多种形式的文化策应。

以文化讲坛的名义，我们进一步体验了党报集团的使命和责任。作为社会的公共文化载体，除了通过资讯传递和图文表达来服务大众、引导社会以外，我们还可以运用媒体品牌的号召力，通过创见性的活动组织，为上海乃至国家级的图书馆、博物馆搭建和扩展对外交流、交往的平台，加深不同国家、不同民族和不同文化之间的理解和沟通。

以文化讲坛的名义，传统报业媒体在突破自身限制的过程中，传播想象力、影响力和实现的可能性被进一步放大，除了报纸、电视、网站以外，手机报、电子报和街头公共视频等新媒体也在即时传播中大显身手，人们可以在不同的时空条件下依据兴趣和需求，获取到不同形式的资讯。传播途径的多样化并被合理有效地获得使用，预示着一个结构性资讯产品时代的到来。

二

即使在博物馆行业，这些世界顶级博物馆的馆长们也难有这样的相聚机会。

即使是中国的部级以上要员，参观世界著名博物馆，一般情况下，馆长们绝不会亲身陪同。

一家中国地方报业集团发出的一纸邀请，能够打动他们吗？

纽约大都会博物馆馆长菲利普·德蒙特贝罗说，我被"人类文明的共享与弘扬"这个主题所打动，它吸引了我，并促使我对人类文化的流动性、互动性和综合性进行了一次深入思考。

大英博物馆馆长尼尔·麦克格瑞格说，在英国，我们经常和《卫报》合作，就博物馆推出的不同展品，寻求话题在报纸上展开争论，吸引更多的观众参与。我没想到，中国的报业集团也这样做了，所以我很高兴前来参加这次讲坛。

俄罗斯冬宫馆长米哈伊尔·彼奥特罗夫斯基能讲六国语言，是普京的好友，他说，我被讲坛的主题和你们的诚意所感动，说实话，这样的同行相聚机会是不多的。我希望下一次的高峰论坛能在冬宫举办，到时我会邀请普京总理（那时候）参加。并且，如果文化讲坛走进国外的一些著名大学与听众交流，也是一件非常好的事，我本人也非常乐意再次接到邀请前去参会。

卢浮宫馆长代表凯瑟琳·吉约说，有一个自己所热爱的职业，有兴趣为它献身，致力于对人类精神的文化关怀，这是人生的一件幸事。这次文化讲坛的主题与我们的兴趣和追求是一致的。何况，在卢浮宫，来自中国的游客越来越多，更好地服务他们，符合卢浮宫"向世界打开门户"的方针。

中国故宫博物院馆长郑欣淼说，因为文化讲坛，我们实现了与世界著名博物馆馆长在中国的坐而论道。我由衷地感谢解放报业集团，你们所做的一切，不仅具有文化价值，同时也充分体现了媒体在今天的使命和追求。

著名节目主持人杨澜，曾以嘉宾的身份参加过文化讲坛。在接到请她主持本次讲坛的邀请后，欣然应允，并表示，再忙也要来，这是一种幸运，非常的幸运。

美国的希尔顿曾举例说，一块普通的钢板只值 5 美元，制成马蹄掌值 10 美元，做成钢针 3350 美元，做成手表摆针 35 万美元。能经受翻来覆去残酷打磨敲击的价值，可为原来的 5 万倍。

传播介质及其装载的内容同样需要反复打磨敲击，以毕现它的十倍，甚至百倍于其原来的价值。

历经锤打的文化讲坛终于具有了相当的厚度和重量的准备，可以让不同国家、不同民族、不同文化、不同身份的高端人群归流上海，相聚在同一时空，为共享人类文明高谈阔论，为弘扬人类精神献计献策，这体现了文化创意的非凡感召力！在全球化和互联网时代，不论东西南北，大家可以平等地共享瞬时交互的平台和途径。怎样集聚、整合现有的文化资源，并再造出个性化内容的新的生命特征？创意将变得无比重要！

传播中的创意，是在用时间流逝的方式告诉人们什么是最好的选择。

这是全新的传播课题。

三

文化讲坛的名义，事实上是一种文化的名义。

文化是什么？是一种不可动摇的思考习惯，一种身不由己的行为方式，一种难以摆脱的物化形态，一种具有规律痕迹的合理解释。

总在晃动、然后不可避免消失的东西，不应成为文化；想方设法去改动、变动而未能完全如愿的东西，很可能已经成为文化。譬如中国许多地方的大排档和地摊式的消费方式，靠城管人员"赶尽杀绝"，永远做不到，因为它已经成为被大多数普通中国人接受的一种特有生活方式，你只能改善它、规范它，而不能加以灭除。因为从本质上说，一旦形成大多数人愿意接受的行为方式或是文化形态，就很难从根本上加以铲除。对其进行有效的改善和规范,也要经历相当长的时间。

既然如此,以文化的名义,或者以文化的方式去召唤,去说服,去沟通,就有可能获得大多数人的关注和理解。许多事情如果从文化现象上去进行解剖和分析,就有可能找到历史的成因和破解的途径。

自然,对文化含义的解释还远远不至于此。

当年,毛泽东推动的中国原子弹巨大的投入,产生的是 30 多年的和平,这是矛盾转换论的成功实例。

成功的文化讲坛,最终的效应也必然会转换在增强报纸影响力上。

文化讲坛高举的是文化的旗帜。文化包容了意识形态,又可以超越意识形态之争。即使是暂时的、表层的超越,也能够成为为沟通、理解、融合的需要而作出现实选择的一种好的方式,因而也就具备了汇合多方观点、会聚多方注意力、凝聚多方力量的可能。

党报集团具有鲜明的意识形态属性。这是中国报业区别于其他行业的显著特征,也是内容传播中时时要坚守的边界。但是与外界的合作不能总是端出自己的"区别部分",而应拿出能够"竞合"的部分来设法吸引他人的参与和讨论,这样才有可能达到共识,形成共赢,才能在维护自身核心价值观的同时,又能构建和谐形态。

党报新闻工作者既是意识形态工作者,更是文化工作者。能否打好文化牌,在一定程度上取决于我们对文化以及文化力量的理解程度;能否用好文化的名义做好自身的工作,在很多时候取决于我们对政治责任的认识和文化使命的追求。

四

在受众资讯选择权不断放大的今天,传统媒体,尤其是报纸式微的趋势日趋明显。报业经济主要支撑力的广告,被层出不穷的新型传播形态加快分流,宏观经济结构性调整所带来的每一波震动,都无可避免地砸向已经十分脆弱的报业经济神经。

在艰难而漫长的报业增长方式转变过程中,许多报纸受制于现有的新闻运行体制和运作机制,内容的改变十分艰难,同时也不会在短时期内见效。在内容一时难以应对形势变化带来的风险之时,加强对包括新媒体在内的多种传播途径的研究,通过不同于传统意义上的传播方式和活动体验,巩固和扩展报业核心竞争优势,就尤为重要。

文化讲坛,就是在变化的形势下突破传播瓶颈,改变自己局限,提升报业竞争力和影响力的一种尝试。

借助于文化讲坛,党报的表现方式获得了改变,内容由简单的逻辑叙述呈现为感性的活泼,配置以现场气氛的文学式描述,以及画龙点睛式的题目标示、富有冲击力的大幅彩照,让读者浸润捧读之中又常会忍俊不禁。宽泛的知识区域、轻松幽默的谈吐式演讲和对话,以及登高望远鸟瞰式的文化视觉,无不给人以渐入佳境的对等、深度思考的动力和催生想象力的空间。

借助于文化讲坛,报纸的广告投入者中,增加了一批睿智而富有文化追求的企业家,他们乐于为文化而投入,为文化而贡献,报纸原有的市场吸附力因为文化讲坛的一次次成功举办而增加了新的经济附加值。

借助于文化讲坛,报业集团结识了一批高层次、高智商、有名望、多领域中的专家、学者和名人,逐步形成和搭建了企业健康生存和发展所必需的良好外部人脉环境。他们不仅是文化讲坛的演讲嘉宾,还能为办好文化讲坛出谋划策;不仅为文化讲坛宣传鼓动,还为新的嘉宾人选举荐介绍。毫无疑问,他们已是解放报业集团体制外的一笔宝贵财富和发展力量。

借助于文化讲坛,报业集团发展中所需的多种能力培育进入了新境界，对外交流、公共关系、外语翻译、活动组织、技术支撑以及多种媒体的宣传策划和报道资源的交互配置等，其应对市场的能级在一次次体验中不断获得提升。纽约大都会博物馆馆长不止一次地肯定说，你们的组织安排很有序、很准时，十分专业！

借助于文化讲坛，我们的传播理念、传播方式也在发生积极的变化。今天，我们可以进一步认识到，就报纸的作用来说，它是重要的但并非唯一；就以网络为代表的新媒体效果来说，级数比加法重要，同步比递进重要；就品牌的作用来说，用了才算有，不用等于没有；就财富的拥有来说，内部的能级和外部的人脉比净资产更重要；就传播形态的变化来说，每一种传播方式都有不同的受众影响力；就传播的影响力来说，多一种传播途径就多一份价值体现。传媒业能否开拓自身发展前景，最终将取决于富有创意、重视设计、有整合能力、具有同情心和文化娱乐感，以及能为事物赋予新意义的人。

有人说，成功者最重要的，是从不低估自己，因为你周围的人已经替你做了许多或从未做过什么；今天要做的，只是证明他人已经做的未必全对，以及没做的可能应该抓紧去做。

文化讲坛的深入举办，将赋予我们更多的时间来觉悟，将意味着我们会有更多的期许，更多的收获！

尹明华

写于 2008 年 4 月

（作者为解放日报报业集团党委书记、社长）

目 录

实录

SHILU

第十六届文化讲坛：

命运与共三十年

柳传志 联想控股有限公司总裁。高级工程师，中华全国
工商业联合会副主席，中共十六大代表，九届、十届、十一
届全国人大代表。在他的领导下，20多年来联想成长为
国家重点支持的企业集团。在美国《财富》杂志公布的
2008年度全球企业500强排行榜中，联想成为首家跻身
全球500强的中国内地民营企业。柳传志先后被评为第
二届"全国科技实业家创业奖金奖"第一名、"全国有突出
贡献中青年专家"、"中国改革风云人物"，2005年，被美中
关系全国委员会授予"推动美中关系杰出贡献个人"表彰，
这是该组织成立40年以来第一次将此奖项颁发给非美籍
人士。

演讲篇

企业家是社会进步的试金石

柳传志

主持人叶蓉：在企业家精神当中，应该有这样的内容：他们不仅是社会财富的创造者，同时也应该是优秀文化的创造者和传播者。这可能也是本届文化讲坛的立意之所在。

我记得柳传志先生在一次接受采访时说过这样一句让人动容的话："联想之于中国，就像水在水中。"中国企业家的30年，应该是与伟大祖国命运与共的30年，中国企业家之于中国，就像水在水中。首先，请柳传志先生发表演讲！（全场鼓掌）

我带着管理层到国家电子工业部下战表,要高举民族工业大旗,狠狠地打一仗

今天的主题是《命运与共三十年》,我有点儿年龄优势,对30年前的事情有所记忆,我就拿这事儿开头了。

1961年,我17岁,正好要上大学。那是困难时期,当时我一个月有30多斤的粮食定量,但是没有油水。有天夜里,我饿得不行,起来把两颗治感冒的大中药丸子吃进肚子里。(全场笑)

1970年,那是"文革"期间,我被调到中国科学院计算所工作。上班的第三天早上,操场上的大喇叭响起来了,叫大家到操场上集合,军管会有话说。就在那天早上,又揪出一个"五一六分子"。这样的事一个月里连续发生,1000多人的计算所被相继隔离了100多人。

想起这些事,跟今天一比,恍如隔世。

1978年,在《人民日报》上看到一篇写怎么养牛的新闻,让我激动不已。我想,报纸怎么登这个事,不是一直讲斗争吗?可能以后真的会有变化。

我拿这个开头,就是想说,改革开放真的是来之不易,希望后来的人们永远记住过去是什么样子,使得改革开放能够坚定地走下去。另外还有一点,人总得活得明白,还得有感恩的心态。

30年下来,咱们国家经济发展的状况了不得。2007年国家财政税收达5.1万亿元,2006年是3.8万亿元,一年增长了1.3万亿。1.3万亿是个什么概念?1978年我国全年的财政收入才是1100亿元。有了这么多钱,政府就可以用来做很多事情,比如怎样发展我们的国家,怎样加强国防、解决民生问题。我们企业能做什么呢?最主要的责任就是按章纳税,把更多的利润提供给政府,为老百姓办实事。可以说,在政府所办的事情中，也体现了企业家最基本的社会责任。

除此以外，企业家们还做了哪些事情？企业各有特点，今天在座的两位企业家都是我的朋友。南存辉先生从事的是制造业，整个制造业为中国提供了多少就业机会?! 马云所在的企业创造了一种新的运作方式，大大降低了运作成本，相信这对中国经济的发展会有很大的推动。

我所在的企业联想，也做了一些事情。我们是由中国科学院办的企业，可以说是新中国历史上第一次成功地把科研院所的成果产业化。这是一件很不容易的事情，要解决观念的问题，要解决机制体制的问题，等等。这是联想做的第一件事情。

第二件事就是在跟国外 PC（个人电脑）领域大企业的竞争中，我们占了上风，后来还打到了国外。

在电脑行业，1990 年以前国家为保护民族工业、国有企业，采取了高关税、批文的方式，就是进口 PC 机要有批文，还要征收 200％到 300％的高关税。结果是中国自己做的电脑一塌糊涂，各行各业都没法用，严重影响了国民经济的发展。在那种情况下，马云的公司根本没法开。（全场笑）

后来国家意识到这个问题，从 1990 年开始逐渐降低关税、取消批文，使得国外产的 PC 机大量进入中国，各行各业都得到了发展，但是中国的品牌电脑企业受到了极大冲击，立刻溃不成军。

那是 1993 年年底，我们公司第一次出现了完不成年度销售指标的情况，我们不得不开始研究下一步该怎么做。在资金、技术、管理、人才等方面远远不如国外大公司的情况下，我们还要不要坚持打民族品牌？真的彻底拼不过，我们就干脆做代理算了。我们研究了两三个月，研究透了，决定要拼下去。我们做了大规模的自我调整，我带着全体管理层到当时的国家电子工业部部长那里下战表，表示要高举民族工业大旗，狠狠地打一仗。

就从那年开始,我们真的逐步翻身了。

到 1996 年,我们的销售份额第一次在中国市场上占到第一位。在这以前,国外品牌 PC 产品的销售额占了整个中国市场的 70％以上。这以后,我们越做越大,占到市场销售总额的 30％。再后来就出兵打到了海外,并购了 IBM,哦,是 IBM 的全球 PC 业务。(全场笑,鼓掌)一路走来,其中艰辛可想而知。

今天看来这个并购成功了,更准确地说是成功的,还不敢说"了"。并购前,联想的营业额是 30 亿美元,到了今天,我们做到了 170 亿美元。这不才公布说我们进入了全球 500 强企业排行榜,就凭着这 170 亿美元做了最后一名(编者注:实际为第 499 名)。(全场笑)另外,联想的利润由并购前的 1.6 亿美元上升到现在的 4.8 亿美元,也翻了 3 倍。在全球股价大跌的情况下,联想的股价目前依然比并购前增长了大约两倍。

有人直接往珠穆朗玛峰上爬,我是爬一步,安营扎寨,再爬一步,再安营扎寨

如果不是国产品牌真的能和国外品牌抗争的话,中国今天的信息化建设不会发展得这么快。在国外品牌机占市场销售份额 70％时,同样一台电脑,在中国卖的价格要比在国外高将近一倍。正是我国电脑产业跟上来以后,才能不让国外厂商抬价,逼他们相继降价,最后全世界价格一样。这其中,有我们的努力。

我记得联想刚开创的时候,我把公司的招牌做得特别大。当时四通公司跟我们在一个楼办公,他们就不干了,招牌上写的字比我们的还大,我就改到比他们的更大,他们也再改。(全场笑)比到后来,周光召院长跟我说,你们把字写这么大有什么意义,在美国只有穷光蛋才戴大金手表去吸引人。我说您说对了，我就是那个穷光蛋，没有钱，没别的法子去吸引人。

现在呢，我们成了全球 500 强企业，又是奥运顶级赞助商，企业实力、影响力自然就增强了。这也给咱们中国人长了志气。

1997 年，我们就定了目标，要进全球 500 强。今年我们做到了，员工都非常高兴，我们准备好好庆祝一把，当然就是内部喝点酒。（全场笑，鼓掌）

这个目标的达成，也标志着中国企业管理水平的提升。我们不光有目标，在管理上也下了功夫。比如供应链的管理，卖电脑像卖新鲜水果一样，是不能放的，它里面的重要部件，像存储器、CPU，随着技术的发展说降价就降价。因此，控制成本最重要的是缩短库存时间，做好供应链。今天联想能并购 IBM 全球 PC 业务，正是我们改造了它的供应链，使得它的整个成本大幅度降下来了。

另外还有关于技术的问题，到底是先发展核心技术还是先发展产品技术。很多朋友都说联想应该先发展核心技术。我心里明白，如果那时候发展核心技术，我们连饭都没得吃。你首先得卖得出去，站稳之后才能考虑发展核心技术。当然直接发展核心技术的也有成功的，让我非常尊敬的华为的任正非先生，他就是直接往珠穆朗玛峰上爬。我是爬一步，安营扎寨，再爬一步，再安营扎寨，最后成功了。

进行股份制改革，也是联想做的一件重要的事。我们公司是 1984 年由中国科学院投资 20 万元人民币创办的，百分之百的国有。但科学院的领导觉得这种高技术企业，人的能力是第一位的，员工拥有股份更能发挥创造力。1993 年到 1994 年，我就开始跟院里谈股份制改革。在当时，科学院虽然是股东，但它没权力给员工股份。于是商定，院里发奖金给我们，当分红。此后，院里每年把 35％ 的利润奖励给我，我没敢往下分，存了8年，一直到2001年，把净资产盘清以后，用这笔钱买了35％的股权，这样我们才真正成了企业35％的所有者。

有与没有，是有根本不同的。对于一家高科技企业来说，人的积极性是第一位的。如果没有股权，完全是打工者的心态，很多事情做不到。

更现实的意义是，当初我领着创业的这群老同志年龄相对都比较大了，而且对商业不熟悉，后面的年轻同志应该上。这些老同志脑子的退休年龄到了，但身体的退休年龄还没到。（全场笑）在这种情况下，一声"下去"，企业的利益就跟这些吃尽千辛万苦的老同志一点关系都没有了，于情于理我都不能这么做。企业就只能拖着，做不大。但现在有了股份，我就可以跟他们说，咱们是老园丁，开创果园千辛万苦，再往下做，年轻人比我们合适，但苹果熟了，第一筐摘下来得搁到咱们家里去，咱们让位给年轻人怎么样？大家都同意。果然，年轻人做得比我们好，所以就一筐筐地往老同志家里送苹果，大家都高兴，企业顺利发展。（全场笑，鼓掌）这个经验在中国是有现实意义的。

2000年，我56岁了，自觉在IT领域里做不了了，精力不够，拼不过年轻人。我就想，应该坚决让年轻人来主持工作，于是顺利交接。但我自认还有别的本事，就在联想集团的母公司开展新的业务，都很成功。

我们初始的20万元投资，在一个多月里就被人骗去了14万元

所有企业在成长中都有很艰难的过程。在上世纪90年代中期以前，我的时间和大部分精力都花在适应环境或者说跟环境作斗争上。后来环境逐渐稳定以后，主要精力用在了提高企业竞争能力和管理水平上。最痛苦的阶段是前半段，市场不规

则，还是老的计划经济体制，我们要发展，很难。

市场不规则就导致被骗。说来惭愧，我们初始的 20 万元投资，在一个多月里就被人骗去了 14 万元。被骗事件中，对我身体打击最大的是 1987 年那次。当时，我们第一次想从海外直接进口配件，于是就从深圳找一个进出口公司办理手续。其实这些公司都是皮包公司，他们能弄到批文，弄到外汇，我们把人民币打给他，他把钱打到香港。就在这过程中，我们被骗了。我们通过介绍找到了一家公司，双方握手签字，非常诚恳，然后把钱给人家我就回来了，然后人就找不着了。我着急啊，到深圳调查，那家公司的人根本就不来上班了。又花了几天找到他家，我带着几位同事在他家门口憋着，拿板砖拍他的心都有了。（全场笑）

这是真话。我们那时候打过去 300 万元人民币，这 300 万元钱我们挣得不容易啊！为了跑业务，公司一位老同志原来是计算所的车间主任，那也是处级干部，有一次下大雨，路上都积水了，为了省钱，他自己走，掉进了水井里面，一米六几的个儿，差点淹死了。还有些老同志每天都要验收机器，但是公司地方小，没地方放，验一台机器搬的工夫要比验的工夫大得多。跟我一起干的一些老科技人员，都是工程师，成天搬机器，腰都直不起来。钱就是这么挣来的，被人骗了我不得跟他玩命吗！后来钱是追回来了，那个骗子说，我不是想把你的钱骗走，我只是挪用一下。（全场笑）

从我知道这钱没有了到把这个人找到，中间大概有两个星期。这两个星期中，我每天凌晨两点多一定会从梦中惊醒，心狂跳不止。钱追回来以后，到半夜心照样狂跳不止，成惯性了。后来，我在医院住了 3 个月，才调整过来。打击太大了。

那时候还是计划经济体制，计划经济体制就是国家规定的体制内的企业，国家给你批文，给你外汇额度。但我们是计划外的，一切都要自己想办法。外汇要高价到外汇市场去买，1984年有额度的外汇是2.5元人民币换1美元，而到外汇市场买是6元人民币换1美元，而且是不合法的。还有就是进口，我们没有批文，没法买进电脑原器件，就要跟一些能拿到国家正式生产配额的厂家买批文，买外汇额度。做这些事情其实是有问题的，要是踩到红线外面，就很麻烦。但是如果完全按照规章做，价格要贵两三倍，而且还买不着。我觉得自己能够幸运地在这儿和各位见面、沟通，重要的一条就是我们有一个指导思想，坚决不当改革的牺牲品。（全场笑，鼓掌）

我举一个我们犯小规受处罚的例子。1987年我们销售特别好的时候，销售部门的人都得了重奖，最高的得了6000多元钱奖励。那年我的月工资是100多元，估计他也就90多元。整个销售部门都得了非常高的奖金，但到发钱的时候发现发不下去，原因是当时要收奖金税。如果奖金高于3个月工资，超出部分要交300％的税。这么一算，真是发不了。最后只能拿支票换现金，躲开税收。但一年以后东窗事发。之后企业罚了钱，我也受到了警告。现在看来算踩了红线边上一点，不过还算好，没有成为牺牲品。

人分两类，一类想做大树，一类想做小草，人类历史总体是"大大树"带动"小大树"

前不久《中国企业家》杂志给我转来一位企业家的一封信，希望我来解惑。信中说他是一位创业企业家，现在企业做到了一定规模，但也遇到了很大困难，他觉得实在做不下去了，同时看到其他创业的朋友遇到这样的情况就往回退了，做了别的，也生活得挺好，问我意见如何。

我给他回了封信，大概的意思是说，人分两类，一类想做大树，一类想做小草。做小草也不容易，也得好好做，有责任心，要诚信，这样也能过上安宁、很好的生活。还有一种人，就是要做大树。做大树除了责任心以外，还要有追求。有追求，你就要坚韧不拔，要有适应能力，还得有机遇，几个因素加在一块儿才能当得成大树。可以说，可能一个大树的位置有三个人有资格，但最后只取一个。你要不要当，要把这事想清楚。

　　人类历史总体是"大大树"带动"小大树"，是靠一大批大树推动的。邓小平要是不当大树，我们能有今天吗？企业家如果不当大树，能有这么多税收交上来吗？还有一件事就是大树一般管着小草。（全场笑）所以你得想清楚，你到底愿意当什么，你不当也没关系，有人会当，但是要当就得咬住牙，要把这些事都想明白。这就是我给他的建议。中国的企业家固然有这样或者那样的毛病，但是取得今天的成就，坚韧不拔是一个重要的品质。

　　最后我再讲讲企业的社会责任。刚才说了，交税是我们最重要的责任，除此以外还有别的责任，比如说怎样通过我们的行为来规范社会的道德。另外一个，是我们的财富观。企业家花钱不要太张扬，毕竟今天的中国社会还有贫富差距，这点我们应该牢牢记住。

　　邓小平说，改革开放让一部分人先富起来。我领会这句话的意思是，一家人兄弟姐妹挺多，家里挺穷，就把家里最聪明或者最有精力的孩子送出去到外面闯，闯好了回来拉扯家里其他兄弟，如果不拉扯的话，于情于理都说不过去。我觉得这件事要做好，这也是我们企业家的责任。谢谢大家！（全场鼓掌）

（原载《解放日报》2008 年 7 月 25 日第 18、20 版）

南存辉 正泰集团股份有限公司董事长兼总裁。高级经济师,九届、十届、十一届全国人大代表,全国工商联常委,中国工业经济联合会主席团主席。正泰集团股份有限公司综合实力连续多年名列中国民营企业 500 强前十位。不凡的经历和业绩,使南存辉成为业内公认的"中国新兴民企代言人"。他先后荣获"优秀中国特色社会主义建设者"、"CCTV2002 中国经济年度人物"、"第十一届中国十大杰出青年"、"中国时代十大新闻人物"、"世界青年企业家杰出成就奖"等称号,并被《中国青年》杂志等评选为"可能影响中国 21 世纪的 100 名青年人物"之一。

在成长中走向成熟

南存辉

主持人叶蓉：谢谢柳传志先生的精彩演讲。其实在中国企业家群体中，柳传志先生是一棵常青树，横跨近 30 年。从 1984 年几近白手创业，如今联想已经成为世界上 PC 机生产排名第三、具有世界影响力的企业，同时为中国企业提升世界影响力作出了贡献，已经成为我国改革开放三十年以及经济发展的一面旗帜。

看来 1984 年注定是不平常的一年，因为我们今天在场的另一位嘉宾南存辉先生也是 1984 年创业，当时办了一家小开关厂，经过不断地发展成为了今天的正泰集团。有请南存辉先生演讲！（全场鼓掌）

改革开放为民营企业创造了成长空间，这是发自内心的深切体悟

改革开放是决定当代中国命运的关键抉择。什么是改革

开放？我认为，从一定意义上说，改革就是市场化，开放就是国际化。作为在改革开放大背景下成长起来的民营企业，我们生逢其时，碰上了一个好的政策环境，赶上了一个好时代。

好时代带来了大变化，正泰就是一个缩影。24年前，正泰创立初期，8个人，5万元资产，1万元的年产值；24年后的今天，员工达18000多名，资产超过百亿元，综合实力连续多年名列行业前茅。

大家一定更关心，在目前的经济大环境下，在国内外复杂多变的不利因素面前，正泰是怎样一种状况？

7月6日，中共中央政治局常委、国务院副总理李克强来正泰调研时，我向他汇报，今年上半年公司销售额同比增长了25%，利润同比增长26%，出口同比增长了107%。李克强副总理听后非常高兴，他称赞我们"敢闯市场，依靠技术，打响品牌"。

正泰之所以能在目前的经济环境下处变不惊，实现较快增长，这可能离不开我们对战略层面的长远考虑，离不开我们对宏观层面的未雨绸缪，离不开我们对自身微观层面的行动把握。比如，我们对市场销售情况建立了即时的动态监控网络，一有风吹草动就能快速应对。天晴晒被，天凉穿衣。如果气候在变你却不变，那就会"很傻很天真"。（全场大笑）

企业发展仅靠我们自己的努力显然是不够的。中国民营企业的成长，最根本的是因为改革开放为民营企业创造了成长的空间。这不是一句空洞的颂词，而是一种发自内心的深切体悟。

2006年9月，我应邀参加了美国财政部长保尔森在杭州的一个晚宴，保尔森问我一个问题：近年来中国政府出台的哪些政策对中国企业尤其是民企影响最大？我回答说，第一，中国政府正在加大对外开放力度，以加入WTO为标志，整个中国社会正在向市场经济轨道发展,由此出台的相关政策正促使国内企业遵守国际规则,并为国内外企业提供更多的发展机会;第二,中共十六大以来的一系列政策创新,扩大了民企市场准入的范围,提供了更为广阔的市场空间;第三,近年来中国政府出台的宏观调控政策,促使企业加大了创新力度,提升产业水平,优化产业结构。(全场鼓掌)

成长,不等于成熟

如今,改革开放已经走过了 30 年历程。古语说,"三十而立"。我理解这个"立",不仅是指"成长",更应该意味着"成熟"。"成长"是一种生命的长度,而"成熟"展现出一种生命的宽度。长度不等于宽度。同样,成长也不等于成熟。

现代管理学对企业形态有一个形象的比喻:林林总总的企业好比一个金字塔,底部最大,是"存在的企业"(当然,破产、关闭了就不"存在"了),在"存在的企业"上方是"有形象的企业",再往上是"有文化的企业",而塔尖则是"有哲学的企业"。"存在的企业"会有年龄的成长,只要它还存在着。而"有形象"、"有文化"、"有哲学"的企业,才能表明它的成熟程度。

日本的松下电器就是"有哲学的企业"。松下幸之助先生认为,他们生产的产品,都是一种"哲学的附属品"。我看过松下幸之助的几本著作,其中有一句话让我印象十分深刻,他说:"不要忘了创业时的谦虚。"这正像我国古话说的"成熟的稻谷总弯腰"。我认为,这就是一种境界,一种文化,一种哲学,一种让人心动的成熟。

30 年来,中国经济社会发展取得了举世瞩目的成就。中国的民营企业也在成长中走向成熟。但是,我们离真正的成熟还有很长的距离。我们在参与国际的合作与分工中,绝大多数产品处于价值链的低端,大量的企业还是在做加工贸易,我们的市场开放换不了人家真正的核心技术。我们没有核心技术，也就无法在价值链的高端拥有市场话语权。

在今天，我们不能仅仅满足于引入了多少外资，赚取了多少外汇，而应当通过开放，形成倒逼机制，引导企业走自主创新道路，培育国内企业的核心竞争力，支持国内更多的国企、民企大步走出去，更好地参与国际竞争。我认为，走出去才是开放的根本意义。（全场鼓掌）

维护国家利益、民族利益，就是坚守一种核心价值

企业虽无姓，但都有国籍。我们不讨论姓"社"姓"资"，还是姓"公"姓"私"。但是，一个企业的价值总会体现其所属国的利益。比尔·盖茨捐了580亿美元，他向世界传达的是美国的形象、美国的理念，本质上是美国国家利益、民族利益的一种体现。他的光荣和梦想是属于美国人的。

中国企业在向美国优秀企业学习的同时，更应该具有自己的民族使命感。如果未来的马云也成为比尔·盖茨，他在退休的时候也把钱捐给中国的基金会。（全场大笑）如果中国可以培养更多的马云，那么我相信，中国人民、中国社会的形象会更受全世界尊敬。

所以，经济虽然全球化，但国家和民族利益不应该淡化。要使我们中国的企业在开放中走向成熟，就不能不考虑开放的落脚点，那就是要从维护国家利益、民族利益出发，去千方百计做强做大民族企业。这才是对外开放的最终目的。我认为，维护国家利益、民族利益，就是坚守一种核心价值，而核心价值的坚守和弘扬，就是文化的本质意义之所在。（全场鼓掌）

在"对外开放"的同时，促进"对内放开"

这就引出一点思考，那就是：为了使中国的企业在成长中

更好、更快地走向成熟，怎样在"对外开放"的同时，促进"对内放开"？所谓"对内放开"，不是说放手不管，而是怎样形成更加公平的竞争环境，更加充满活力的市场机制等等。

去年 11 月，我和中石油、中粮、中建等几家国企负责人随温总理赴莫斯科，参加俄罗斯"中国年"闭幕式活动。途中，中粮总裁感叹，他们 9 家市值超过 2 万亿美元的国企的老总，个人收入加起来还比不上一个南存辉。国资委的一位领导问我，大型国企负责人年薪 100 万元高不高？我说，不高。我们瞄准的企业应该是优秀的跨国公司，那么，我们要与他们在全球范围内竞争，如果机制不活，捆得过死，我们就很难招到并留住国际一流人才。而没有国际一流人才，我们又怎样去追赶乃至超越优秀的跨国公司呢？

第二个例子就是最近正泰在杭州做第二代薄膜电池技术，现在有很多的风投进来，包括柳总现在也来了。（全场笑）国外的投资商都过来了，全世界尤其是欧洲、美国都看好第二代薄膜电池，但我们就是看不到国有投资公司的身影。这是为什么？恐怕就是机制的问题。

我这么说并不意味着抱怨，更不是意味着我们可以在抱怨声中止步不前。在"成长"与"成熟"之间，梦想是一种催化剂，是一种推动力。德国有一家世界顶级的百年企业，它的产品质量、技术水平是非常高的，当然价格也很高。老板走时把产业留给两个女儿，可两个女儿没有梦想，不感兴趣，慢慢从家族里退出来了，专门请人来干。大约是七八年前，做不下去了，她们要把这个企业卖掉。我们就去买，但那时他们根本看不起我们，结果卖给了欧洲的两家基金公司。经过两三年的运作之后，他们想再次脱手，我们准备了 20 亿美金又去谈判，仍是谈不拢。后来，这家企业在苏州工厂的一位经理来我们公司应聘。这个人干技术出身，在这家企业当了 9 年经理。我跟他说，一个企业能够从成长走向成熟，首先要有一个梦想，有梦想才会有激情，有激情才会有创意，才会有责任感驱使你锲而不舍地朝着这个梦想去奋斗。（全场鼓掌）

听中央的，看欧美的，干自己的

在成长中走向成熟，关键是一个"走"字。走得稳不稳，走得好不好，走得快不快，这不仅考验你的脚力，测量你的眼力，更拷问你的能力。对此，我归纳了一句话，就是"听中央的，看欧美的，干自己的"。（全场鼓掌）

作为一家制造业的企业，目前我们怎样"听中央的，看欧美的，干自己的"呢？5月24日，我有幸应邀参加上海企业家咨询会，我向俞正声书记、韩正市长等领导汇报说，我们目前正在推进四个转型。我认为，这四个转型，是我国制造业转变发展方式的必由之路，是当务之急。

一是由"制造商"向"系统解决方案供应商"转型。

6年前，我们第一次参加汉诺威国际博览会，施耐德、ABB、西门子等一批国际顶尖企业也都参加了。当时他们把产品一个个挂在展板上，我们也是把产品一个个挂上去，产品和展厅都大同小异。大概在三四年前，公司国贸部一位负责人向我提出来，我们现在和外国人竞争的时候，别人是在拿技术垄断来和我们竞争的。什么是技术垄断呢？不是产品本身，而是一个配套系统。就像一个套装、一个软件，里面什么都有，我们推广好这个系统，那元器件就很容易推广了。这个就是技术革命。而今天，再去参加汉诺威展会时，那些跨国公司上市的已经是系统解决方案了，这就是应用信息化等高新技术嫁接传统产业，走新型工业化道路。这就是技术当中的研发战略问题。其实就是一句话，由单纯的产品制造商向系统解决方案供应商转型。

二是由"传统产业"向"节能环保型产业"转型。

在能源紧张、资源匮乏、环保压力等问题日益突出的情况下,我们积极引进美国第二代薄膜太阳能电池研究专家,建立太阳能光伏电池及组件系统基地。我们的产品远销欧洲、非洲等区域。

决定做太阳能产业时,当时政策是不鼓励发展的,因为当时火电最便宜,水电最丰富,所以优先发展的都是这类企业。我们为什么要做这个呢? 因为我们身后有一个全球科技顾问团队,当时就是美国政府的太阳能顾问给我们提出这个方向的。现在环境污染、氮气、温室效应带来的天灾不断,地球承受不起了,所以必然要发展新能源,而除了核能源以外,几乎所有的能量都是来自太阳能。太阳能是取之不尽用之不竭的,全地球1%的面积装上太阳能电池板,就把所有的电全部解决了,这是个了不得的事情,而且是最清洁、最环保的。

三是由"卖产品"向"卖服务"转型。

就是要实施"走出去"战略,推行"交钥匙"总包工程。我们已在东南亚、中东、非洲乃至欧洲承包了数十项发电厂、变电站及电网的改造项目,带动了成套设备的销售。我们建立了覆盖全球的网络营销体系,创新业内"B2B"营销模式,积极探索由卖产品向卖服务转型。

四是由"企业经营"向"经营企业"转型。

今天我向大家透露一个信息,我们正泰低压电器产业拟在国内主板上市,太阳能公司也计划明年上市。我们还组建了投资公司,参与全球优势资源的投资整合。同时,参股、投资优势产业,利用资本杠杆,带动创新型、创业型企业的发展。

多年前,我对正泰员工说过一句大白话:烧好自己那壶水。这些年来,这壶水从家庭作坊式的"灶膛间",烧到了城里的"老虎灶",后来又烧到了国外大市场。水温还可以,火也挺旺的,目前的四个转型正是为了让我们在成长中更好更快地成熟起来。

而只有不断成熟起来,中国民营企业的市场空间才能洞开,才会在风云变幻面前处变不惊。这正如一句西方谚语所说:"最好的防弹衣,是永远在射程之外!"谢谢大家!(全场鼓掌)

(原载《解放日报》2008 年 7 月 25 日第 18、20 版)

马　云　阿里巴巴集团主席兼首席执行官。阿里巴巴集团的主要创办人，软银集团董事，是中国互联网行业的先锋人物。自 1999 年阿里巴巴成立以来，一直担任阿里巴巴集团董事局主席及行政总裁，负责阿里巴巴集团及本公司的整体策略及方针。2001 年被世界经济论坛评为"全球青年领袖"，2004 年被中国中央电视台评为"年度十大经济人物"之一，2005 年被美国《财富》杂志评选为"亚洲最具权力的 25 名商人"之一，2007 年被美国商业周刊杂志评选为"年度商业人物"，2008 年 3 月，被《巴隆金融周刊》评为年度全球 30 位最佳执行长官之一。

被时代引领与引领时代

马 云

主持人叶蓉：谢谢南存辉先生的精彩演讲，通过他和他所率领的正泰集团，大家已经感受到"温州模式"正在发生着深刻变化，即在学习当中不断成长，在成长中走向成熟，从中国制造走向中国创造。

与正泰同处于浙江的阿里巴巴可以说创造了中国的一个商业奇迹。阿里巴巴为万千中小企业打开了一座宝藏。马云先生以他的远见和努力让中国的"蚂蚁兵团"走出了国门，同时让亿万网民感受到了网络购物和创业的乐趣。下面有请马云先生演讲！（全场鼓掌）

放下昨天已有的东西，才能有新的机会

我一直在听，在学，在想。我挺难讲历史的，因为我们这些人身上没有什么历史。走了9年，我很少回过头去看自己做了什么，而是永远在想明天要干什么，后天要干什么。刚才柳总

说他是属于想清楚了再干的,而我是属于干了再想清楚的。(全场笑)柳总刚才讲起过去的很多经历,这也让我想起了我们走过的很多路,我想阿里巴巴和其他企业一样,都曾犯过这样或那样的错误。

我不敢提"成功"两个字,每次我有成功感觉的时候,麻烦就会来。(全场大笑)每次一说"成功",就一定会在一个月以内出事。(全场笑)我觉得自己是一个非常普通、非常平凡的人,只不过抓住了中国互联网的机遇发展了起来。现在突然看到别人把我当榜样了,我可是一直是把别人当榜样的。人家都说你怎么那么厉害,那么伟大,包括今天给我出的这个题目也特别高深——《被时代引领与引领时代》,真的搞大了。(全场大笑)我没那么厉害,我只想证明一点,我们这些人能成功,关键是我们想到了就干,并且以自己的方式在干。

刚才南董讲到了如果有一天我成为了比尔·盖茨会怎么样。我一个月前去过比尔·盖茨家,有人指着我对盖茨说,你看,这是中国未来的比尔·盖茨。我一听心里就发虚。我觉得我跟盖茨就一样东西差不多,那就是我们两个人都长得不好看。(全场大笑)其他我们差得很远。我不跟比尔·盖茨比谁有钱,因为很难比,但是要跟比尔·盖茨比谁能在本世纪内让更多的人富起来,让这个社会的人因为你的企业而发财,我想至少在中国还是有这个机会的。(全场鼓掌)

我们总习惯于为自己的失败找理由,而不是为自己的成功找方向。我刚才听了南董讲到一点非常好,说我们国企9位领导掌握了2万亿美元资产,但他们觉得个人收入太低。很多人经常埋怨体制,但是他们又不愿意走出来,(全场大笑)如果他们到我们公司来,我一定付他们200万元、300万元年薪。(全场大笑,鼓掌)我记得当年我当老师时,我们院长说,你马上就能升处长了,到了35岁就可以当正教授了。还真有些诱惑力,但我想想还是得走出来，要不到今天没准也是副局级了。（全场笑）但是，如果你想来想去都是我现在是什么级别的国企领导，这个位置你就会放不下。只有放下昨天已有的东西，才能有新的机会。

做别人不愿意做的事，做别人不看好的事，做别人认为不可能成功的事

今天，我想和大家交流一些这十几年的心得，分享我创业路上的体会。

第一，我要做别人不愿意做的事，别人不看好的事。当今世界上，要做我做得到别人做不到的事，或者我做得比别人好的事情，我觉得太难了。因为技术已经很透明了，你做得到，别人也不难做到。但是现在选择别人不愿意做、别人看不起的事，我觉得还是有戏的，这是我这么多年来的一个经验。大家都看好的时候，千万别去惹，比如大家都去赞助奥运会了，你千万别冲过去（朝柳传志点头）。（全场大笑）因为别人比我有实力，比我能力大。大家都合唱的时候，我只小声唱，因为你唱得再响亮，也唱不过别人。而别人都开始沉闷不响的时候，你就要响起来。

有人说，马云你真有远见，十几年前你怎么看到互联网有这么好的前景？我觉得我那时候纯粹是瞎猫碰死耗子。（全场笑）那时我到杭州的一家大酒店去应聘服务员，排在我后面的是我表弟，我的高考分数比他高 16 分，结果他被酒店录取了，原因是他长得比我高。（全场大笑）但今天 20 多年过去了，我表弟还在那个宾馆洗衣服。（全场笑）我去肯德基应聘，排了一上午的队，汗流浃背的，结果也被拒绝了。到了后来，真的是没有办法了才做了互联网。一开始被人当骗子、疯子、狂人，现在又开始被人说是 ET（编者注：外星人）了。（全场大笑）

不久前,胡锦涛总书记参观了人民日报社的网站,在人民网上跟网民进行交流。我心里的感受可能大家都没法体会,因为当初人民网是我给弄成的。十几年前,大家都觉得互联网不行,那时候有朋友说,你要是能把《人民日报》搞上网,中国的互联网就能大发。于是,我在那个特别冷的冬天里天天去《人民日报》。通过报社的一个司机找到事业发展部门的领导,(全场笑)再后来找到当时的总编辑范敬宜先生。所以刚才我看到历届文化讲坛视频介绍中有范老的镜头时,非常感慨。后来范老请我到《人民日报》给总编、副总编们做一个关于互联网的演讲,那场演讲大概是我讲得最慷慨激昂的一场。讲完以后,范老跑过来,他说,马云,我们明天就向中央打报告,让《人民日报》上网!(全场鼓掌)

十几年后,看见总书记去了我们当时做得最为艰辛的一个项目时,我觉得互联网走到今天实在太不容易了,但我们确实坚持了这么久,做了别人不相信的事情,并且十几年来我们从没有放弃过。无论是自己干,跟国企干,还是1999年从零开始,我从来没有放弃过自己的想法,做别人不看好的事,做别人认为不可能成功的事,所以才会走到现在。

阳光灿烂时要修理屋顶,形势最好时必须大胆改革

第二,我们公司把握了每一次危机。很奇怪,这几年可能有点心理变态,每次碰上危机时,我就会莫名其妙地激动,感觉机会就要来了。(全场大笑,鼓掌)大家都觉得很好的时候,我总感觉到灾难要来了。(全场大笑)我一直相信机会永远在危险之中,关键是你敢不敢去抓。

"非典"的时候,我们公司被隔离了,600多名员工全部关在家里。因为有一位同事去广东出差回来之后发烧了,然后被判为疑似"非典"。那时候真的觉得公司要垮下来了。600多名员工，每个人都被社区管着，所有人的饭菜都是从窗口用篮子吊上来的。该怎么办呢？我觉得一个公司必须要迎接这样的挑战，互联网公司可能是世界上最有机会面对灾难时在家办公的公司。那时候突然就诞生了强大的企业文化，我们不愿意失败，我们不愿意放弃。

在这样的灾难里，网络是可以发挥作用的。阿里巴巴的全体员工被隔离了 8 天，但全世界的客户没有一个知道阿里巴巴被隔离了。那时我们已有近千万的客户。我们所有人把电脑、网线搬到家里工作。你打电话给公司的时候，都自动转到员工家里。电话铃一响，拿起来就是："你好，阿里巴巴！"（全场笑）员工的家属们，甚至家里的老人，拿起电话也先说："你好，阿里巴巴！"（全场大笑）在 8 天里，我们没有停止过一分钟的服务。所以，危机时期往往是培养企业文化最重要的时候。

2001 年，在几乎没人看好互联网的时候，我们却在大力进行组织建设、干部培养。那时人家问我们在干什么？我说，第一，我们成立了"抗日军政大学"，培养干部队伍。第二，开展"延安整风运动"。（全场大笑）那时大家都认为互联网走不久了，此前很多人加入互联网公司时，都抱着一种暴发户的心态，认为加入互联网就能上市了，但是互联网突然就不行了。那时候我们统一了思想，觉得互联网还是会影响世界、影响中国的。第三，"南泥湾开荒"，让大家踏踏实实做好每一天的工作。在别人忙着找工作、另找出路时，我们在忙着培养自己的干部、员工。

企业文化只有在最困难的时候、在公司遇到灾难的时候才能真正体现出来，就像平时锻炼身体，在身体好的时候可能是没有感觉的，但当你身体不好时，平时锻炼身体的积累就会爆发出来。

我一直坚信，在阳光灿烂的时候要修理屋顶。公司形势最好的时候必须做一些大胆的改革，改革不能等到不行的时候才做，那时候风险太大，成本太高。所以每次在公司形势最好的时候，我一定会做一些破坏性的动作，任何破坏性、颠覆性的改造都是为了让这个公司保持更好的状态。形势不好时，你就要静下心来认认真真做，做你觉得该做的事情，忘掉外面的评论，忘掉外面的批评，记住自己想干什么。

我一直坚信，客户第一，员工第二，股东第三

第三个经验是不断学习别人失败的经验。我花时间最多的是研究国内外企业是怎么失败的。这两年我给我们所有高管推荐的书都是讲别人怎么失败的。（全场笑）因为失败的道理都差不多，就是这么四五个很愚蠢的决定，但是每个人都以为这个错误别人会犯，我怎么会犯。但是你一定会犯，即使提醒过你，你还是会犯。当然我也学习成功的公司，像联想这样成功的公司所经历的一次次失败值得我们不断学习。因为我知道我一定会经历，只不过我们还没到这个境界，没发展到这个规模。

这是我给大家的一个建议，在学习别人的失败时，除了觉得自己没在这跌倒心里窃喜外，还要反思，因为这些失败迟早都会来，关键是想好今天该做什么样的防范。

另外一个是向国外大企业学习、挑战，向业外学习、挑战，用外行领导内行。有人觉得奇怪，为什么我一贯坚持用外行领导内行？我不懂电脑，却领导了一群电脑行家。（全场笑）去领导内行，很重要的是去倾听，去尊重，去学习，去思考。我一直坚信在商业世界里，客户第一，员工第二，股东第三。有的人说你认为股东第三，那我不买你的股票了。千万别买我的股票！（全场大笑）我坚信不是股东给我钱，而是客户给我钱，只有客户满意了，员工才会满意，客户和员工都满意了，股东一定会满

意。坚守这家公司的只有客户和员工,他们永远和这家公司共命运,不管股票是涨是跌。

向国外企业学习的过程中,要挑战国外企业。有时候我的说法比较偏激一点,偏激是让别人因为我的偏激而跳起来。竞争最大的乐趣是让对手迷茫,让对手愤怒。(全场大笑,鼓掌)竞争是有乐趣的过程,如果这个过程中你很愤怒,别人不愤怒,那你就错了。

互联网的创新经验一定是在互联网以外,任何企业都要承认这一点。我们大部分的创新都是在公司以外学到的。比如支付宝银行业务,纯粹是和银行业务紧密相关的,但是我们请的支付宝的总裁是搞饭店管理的,跟我一样根本不懂银行。有人说,你要请个银行专家来搞。我就特别担心再做出一家银行来。正是因为你不懂银行,就不会做银行做的那些不让人满意的东西,结果你做出来的客户很满意,而且客户越用越爽,那你就成功了。

为什么我们不能去和国外大企业竞争?别人没惹我,先去惹他不行吗?(全场笑)要跟互联网公司,像跟腾讯、百度竞争,我没兴趣。我感兴趣的是与那些看起来一点都没有关系的企业竞争。我把淘宝定位的目标就是跟沃尔玛竞争。(全场惊讶,笑)你跟沃尔玛怎么竞争?人家有很多店铺。但是,我们去思考沃尔玛为什么会做得这么大。为什么不可以比比看?3年前我们说,要在5年内超越中国沃尔玛。这怎么可能呢?但是我们两年前超越了沃尔玛中国的交易量,去年我们是沃尔玛中国交易量的2.5倍。于是我们又提出了一个目标,希望用10年努力超越沃尔玛全世界。这下搞大了!(全场大笑)你知道沃尔玛全世界有多少交易量?35000亿人民币!相当于2007年中国零售总额的一半。但是为什么不去想?假如你用传统的思维,不敢大胆设想,不调整自己的策略,不去组建自己优秀的团队，并且在机制上进行调整，你就永远没有这样的机会。沃尔玛的老板也是人，凭什么他能做到，你做不到？这样算一算，我们还是有机会的。（全场鼓掌）

又傻又天真地坚持自己的想法，又猛又执著地走自己的路

刚才南存辉讲到了那句"又傻又天真"，我是特别喜欢又傻又天真地坚持自己的想法，然后又猛又执著地走自己的路。（全场大笑）一旦有了理想以后，你必须又傻又天真。

2004年我在麻省理工大学演讲，下面坐了一位当年GE的总裁，他说你是一个疯子，在中国讲企业文化不太可能。后来我请他到杭州来，他在杭州待了3天，最后他讲："我本来以为你是一个疯子，后来我发现你们公司有一百多个疯子。"（全场大笑）其实，疯人院里面的人不相信自己是疯子，而是相信外面的人是疯子。（全场大笑，鼓掌）

办企业就是要有一批领导者、一批员工坚持又傻又天真地干下去，坚定走自己的路，并且又猛又持久。年轻人不缺激情，一忽悠就起来，但很快就掉下去了，所以必须又猛又持久。

最后我想向柳总学习，我坚信一点，中国企业必须在全球范围内有我们自己的声音，有我们自己的价值。今天欧美很少把中国企业的经验当作自己的管理经验，我认为，世界企业经营管理和领导艺术水平中如果没有中国一分子，没有中国企业共同参与，世界经济未来的秩序也是不完美的。中国这个市场已经成为全球化、国际化的市场，在中国站好了，在世界其他地方也能站好。全球化不是到其他地方剥削劳动力、占有资源，而是在当地创造价值、创造就业机会，成为当地受尊重的企业，这才是中国企业融入世界的方式。（全场鼓掌）

我喜欢中国的武侠，西方的英雄主义很不错，但是英雄主

义不配上武侠动作不好看。《黑客帝国》为什么动作那么漂亮？是因为学了武侠的打法，西洋拳的打法粗糙，不够美。同样，我也坚信我们能在全世界的范围内展示中国企业的思想、方法和理论，谢谢大家！（全场鼓掌）

（原载《解放日报》2008 年 7 月 25 日第 18、20 版）

吴敬琏　著名经济学家。1954 年毕业于复旦大学经济
系。1984 年起相继在耶鲁大学、牛津大学、斯坦福大学、
麻省理工学院任客座研究员、客座教授,曾担任国务院发
展研究中心常务干事、国务院经济体制改革方案办公室
副主任、国务院信息化专家咨询委员会副主任,现为国际
经济学会执行委员,中国社会科学院研究生院、北京大学
博士生导师,中欧国际工商学院教授,《比较》《洪范评论》
杂志主编。曾经五次获得中国经济学最高奖励——孙冶
方奖;2003 年被国际管理学会授予"杰出成就奖";2005 年
荣获首届"中国经济学奖杰出贡献奖"。

三十年告诉我们什么

吴敬琏

主持人叶蓉：谢谢马云！中央电视台的一位记者给我讲过一个故事，她曾在马云创业之初跟拍过他。当年马云去北京游说客户，有一天在冬天北京的街头扬招出租车，招了半天也没招到。最后终于上了车，跟拍他的两位记者发现马云在副驾驶的位置上睡着了。当时那两位记者非常感动，等他醒了以后对他说，马云，我们一定要见证你，想有一天告诉你，你的失败可能比你的成功更伟大。再次感谢马云！（全场鼓掌）

回顾这30多年的风风雨雨，在中国的经济理论界曾经发生过几次关于市场经济和计划经济的激烈论战，在这场论战中有一位瘦弱老者一直高举着市场经济的大旗，以他对人类文明以及对社会发展历程的深刻感悟，提出了市场经济的思想理论体系。他就是吴敬琏先生。让我们把掌声送给吴老！有请吴老演讲！（全场鼓掌）

最重要的就是我们搭起了这个舞台

今天文化讲坛的主题叫《命运与共三十年》，这很好。虽然，在这30年里跟我们命运与共的一些社会群体的代表今天缺席这个讲坛，比如说坚持改革的官员们，比如说我们的专业人员、普通劳动者，特别是在30年的强劲发展中起了主力军作用的农民工，他们缺席了。但是我们也听到了一个很重要的社会团体，就是企业家们的精彩故事。听这样一些故事是一种使人精神振奋、愉悦的享受。我在这里就不重复他们的故事了，因为我这个教书、做研究的，也没有这么多精彩的故事可说，我就讲讲舞台的问题。

刚才演讲的几位是在这30年里成功的企业家代表，但是我们应该想一想，如果没有舞台，他们的聪明才智能够发挥出来吗？刚才柳总一开始就讲了改革开放以前的故事，那几乎是全体中国人的故事。马云刚才说一些国有企业的企业家不愿意出来，这是对的。（全场大笑）但是我们要想一想，如果我们不是经过这30年，就算是像马云这样很有激情、很有追求的人，他又能走到哪里去呢？他也无处可走。（全场笑）所以我想讲一讲这个舞台是怎么搭起来的。

我们这个舞台现在也还不够好，如果说能把这个舞台修得更好，就会有更多人可以发挥他们的才能。当然这个事情也要大家来做，比如马云自己就在创造舞台，我听到很多人说，马云给了我们一个舞台。有人说，我是一个普通的家庭妇女，我竟然可以在马云创造的舞台上创业。

我今天的演讲题目是《三十年告诉我们什么》，我就想从这个角度来回答这个问题。30年告诉我们什么呢？我觉得最重要的就是我们搭起了这个舞台。过去人们都说，华人，或者说中国人是天生的企业家，可是大陆人例外。（全场笑）30年告诉我们什么呢？大陆人不例外！（全场鼓掌）

为什么不例外？我认为最重要的一个原因就是这个舞台搭起来了。所以我愿意用胡锦涛总书记在十七大报告里的一句话来回答"30年告诉我们什么"这个主题，胡总书记的这句话是我心目中最好的答案："改革开放符合党心民心、顺应时代潮流，方向和道路是完全正确的，成效和功绩不容否定，停顿和倒退没有出路。"

也就是说，这个舞台是怎么搭起来的呢？是靠改革开放。这个舞台怎么才能更完善呢？要靠进一步改革开放。这就是我的回答。

30年来，我们的改革开放有几个大步骤

30年来，我们的改革开放有几个大步骤。

在"文化大革命"刚刚结束的时候，我们其实只有一个目标，就是赶快改变整个国民经济、整个社会都濒临崩溃的状况。那个时候，主要就是想找到一些办法尽快改变这个状况，世界上什么招能够让我们的经济恢复和发展，就用什么招。

经过好几年的探索，大概在上世纪80年代中期，我们大致上确定了目标，这个目标就叫"有计划的商品经济"，后来的表达是"在宏观调控下的市场经济"。确定了这个目标以后，是一步步走过来的，历尽艰险。

邓小平南巡讲话以后，国家第一件事就是把商品市场和计划价格基本地放开了。1994年进行了财税体制、银行体制和外汇管理体制的改革，也就是说把要素市场的某些部分初步建立起来了，把宏观经济管理的初步框架也建立起来了。

更加重要的是，1997年以后"调整和完善所有制结构，建设基本经济制度"，这是十五大提出的口号，从1997年以后，我们在建立市场经济的产权基础方面就迈出了很大的步子。

刚才几位都讲到他们初期创业不能够得到全面展开,为什么呢?就是缺乏产权基础。而在上世纪 90 年代的后半期,这方面的改革就把这个基础给建起来了。譬如说联想的产权制度改革,这对于联想的发展来说是具有里程碑意义的,它建立起了后来联想得以发展的基础。

更加具有重大影响的是"放小"。一个是国有企业有进有退的布局调整,一个是对外开放吸引外国投资。其中最重要的具有决定性意义的是,"放小"以后在沿海地带形成了多种所有制经济共同发展的格局。像以南董的正泰为代表的温州、台州企业,就是这个改革浪潮中的排头兵。所以在世纪之交就形成了一个格局,这个格局就是社会主义市场经济初步建立,它的基础就是多种所有制经济共同发展的格局。

第二是市场形成。市场有两个部分,商品市场的部分放得比较开,要素市场的部分在世纪之交初步形成,但是这个要素市场,就是劳动力市场、资本市场、自然资源市场,这些市场的开放程度还比较低。

第三是国家的宏观经济管理,就是管货币投放、管财政收支、管外汇收支,这套体系初步建立起来了。

这样社会主义市场经济就开始运转了,我们的经济发展在世纪之交就使得全世界刮目相看。

在上世纪 90 年代的时候,世界上有很多人怀疑中国撑不撑得住,中国经济是不是会发生大的危机。那时候苏联、东欧的社会主义国家经济上崩溃了,接着政治上也崩溃了,世界上许多人都认为中国可能也会走这样的路。但是十多年过去了,世界上很少有人再怀疑中国的繁荣能否持续。虽然他们的价值追求,他们的政治观点是不一样的,有的人对中国很友好,有的人是持疑虑的,甚至是敌视的,但是有一点,中国开始强大,中国经济开始崛起,这一点没有疑问。

数量很大的中小企业,对于支撑经济繁荣具有非常重大的作用

但是,我们建立起来的体制仍是有缺陷的。我们做教学、研究工作的总是要从基本的理念、意图来看目标设计。我刚才讲到,上世纪 80 年代我们达成了共同目标,其实不同人对这个目标的认识还是有差异的。

比如说,1984 年设定的目标叫"有计划的商品经济",有的人比较强调"有计划的",有的人比较强调"商品经济"。

那时候我们派了很多代表团,也做了很多研究,就是看世界上哪些经济体制比较适合中国。有两种被认为是我们可以大量吸取的做法,一种是所谓的东亚模式,另外一种是欧美模式。东亚模式的特点就是政府主导的市场经济,而欧美模式可以叫做自由市场经济,就是政府不管微观的事,只管宏观的事。

我记得在上世纪 80 年代初期,这两部分人还谈得来,因为当时差异很小,大家面对的是计划经济,所以这两部分人在反对旧模式、旧体制这一点上是一致的。大致上说,学过经济学的、掌握现代经济学的人更欣赏自由市场经济模式;而有些官员、国有企业的领导比较欣赏东亚模式。

在我们的一些文件里,正式的表达往往出现这样的倾向,就是在理论说明的时候,倾向于用欧美模式的语言来说明,而在讲到政策的时候,往往用了很多东亚国家和地区的政策表述。在当时,这个矛盾并不大。而且主张欧美模式的是把它作为一个最后的目标,认为在市场没有发育起来以前,政府要承担很多市场的职能,所以也同意至少在相当一段时期东亚模式对我们还是适用的,就是政府用各种方法,如日本的产业政策和韩国的企划院的计划来指导经济的发展。实事求是地说,这是可行的。

但是,按照这样一个不太明确的模式来建立市场经济制

度,进行了一段时间以后就发现有问题了。问题集中在一点,就是在市场经济中的行政权力干预会造成腐败的基础,在我们经济学上叫"寻租"。刚才柳总用了一个实际的例子来表达,买批文、买指标,这就是"寻租"。有权力背景的,拿到批文可以低价买你要的东西,没有批文没有指标,你就买高价。这样一个权力干预就使得权力有价,人们就要去买通权力,于是腐败就发生了。不管用什么方式、指标、批文、审批,种种权力的干预都会造成"寻租"活动这种权力的腐败。这种情况就要求我们进一步推进改革,使得行政权力退出微观经济活动。

我们在有些方面做得很不错,譬如说在上世纪 90 年代初期商品价格放开以后,之前那种买批文或者用贿赂的方法搞到批文的活动就自动消失了,因为在这个情况下,权力没有用了。所以那时候各种商品价格一放开,"官倒"的活动空间就基本不存在了。譬如说在上世纪 90 年代后期"放小",用了两三年时间把原来政府的乡镇企业放掉,变成大家完全在市场竞争中比武,不是靠权力,而是靠你的经营,靠你对客户的服务。

所以在世纪之交,整个市场繁荣,整个经济蓬勃向上。而且,靠在市场竞争中取胜的企业如雨后春笋,使得就业状况变得非常好,大量农民工进城了,或者打工,或者创业。现在在北京经常能看到,很多人进城以后成功创业,虽然企业很小,但是因为数量很大,对于支撑整个经济的繁荣是具有非常重大作用的。大企业自然对经济繁荣有很大的贡献,但是那些中小企业,因为它们的数量大,吸收就业能力强,使得那么多人能够通过创业、通过劳动改善自己的生活,更不要说后来在淘宝网上做生意的人涉及到了千家万户,他们的生活水平也提高了。

市场发展了,法治建设必须跟上

有做得好的,但是也有做得不够好的。譬如说国企改革,到上世纪末本世纪初,多数国企改制成了股份公司,甚至变成上市公司,迈出了一大步。其中有一些成了很有竞争力的企业,比如联想。联想原来就是一个国有企业,后来成了国有控股企业。可是到了这一步以后,国有大企业就存在一些问题了。第一个是控股公司没有改革。联想之所以成功了,是因为它的一级公司就改,科学院领导开明,我还要补充说,当时的国资局也是很开明的。

但是到了这一步,大多数企业他们的最上面一层叫做一级公司,没有改,是国有独资,这个问题就很大了。第二个问题,国有股一股独大的情况没有改变。第三个问题是垄断地位没有改变。

所以有不少问题由此而生。比如说商品市场是放开了,但要素市场没有放开,对各种生产要素的定价政府还有很大影响,利息、土地批租这些东西都是由政府定价的。还有些重要的商品,也就是资源的价格,比如电价、成品油价等等。加上2004年我们国家出现了宏观经济过热,主流的意见是认为局部过热,因此处方就用审批的方法去抑制那些过热的部门。

市场发展以后其他制度也要跟上,其中最重要的就是法治。我们在经济学上有这种研究,就是经济制度和其他制度是有密切关系的,光靠经济制度不可能有效运转,其他制度要随着市场的发展而发展。

我们刚才讲了现在市场发展存在的一些缺陷,这些缺陷我们没有完全消除,还有一个问题就是市场发展了,但是我们的法治建设没有完全跟上。

说起来可能比较枯燥,经济学上基本上是讲这么一个道理,就是早期的市场是一个熟人的市场,人跟人都是认识的,所以你靠人情关系,靠亲戚关系可以维持这个市场的运转。它的道理就是因为熟人中这个信息网络是畅通的,某一个人他一旦失信,马上市场上所有人都知道此人是不可靠的,不能跟他来往,他就完了。

但是当市场发展起来以后,市场范围大了,进入市场的人都是陌生人,这个网络不存在了。要维持市场秩序、维持诚信就需要法治,需要第三方执法。第三方执法现在最主要的就是法庭执法。

在这个方面,我认为,进展还不够快。于是就出现这样一种情况,当一个人要到一个生疏的、没有关系的地方去做生意的时候,他可能就要做一件事,叫搞定,上海人叫"摆平"(全场笑)于是权力有价,买官卖官就时有发生。要解决这个问题,从根本上说就是要靠推进改革开放。

现在我们说的好多问题,归根到底是因为经济发展方式有问题

经济体制、法律体系和司法体系的这种状况,的确会造成一些问题。

从经济方面概括起来说是一句话,就是转变粗放的经济发展方式没有能够很好地展开。所谓粗放的发展方式,就是靠资源投入、靠出口驱动的一种发展方式,要把它转变成为靠技术进步、靠效率提高驱动的发展方式,也就是所谓集约的发展方式。

没有转变过来,就造成了一些严重的问题。

第一个问题就是资源短缺越来越严重,像现在矿石主要是靠进口,我们自己的高品位矿不多,所以矿石价格上涨得厉害。这是能买到的资源,还有一些不能买的资源就更麻烦了,像土地,像水。

第二个问题就是环境破坏,比如去年爆发的太湖蓝藻,让人们紧张得不得了。

　　另外它在宏观上造成的一个最大的问题,就是投资和消费的比例失衡。一般的国家投资占 GDP 的比重在 25％左右,但是我们进入 21 世纪以来,从 30％跳到了 40％,现在正向 50％靠拢。反过来说,消费的比重就变得很低,这就造成一系列问题,一个是群众的基本生活水平提高慢,一个是收入差距拉大。因为我们现在的经济既有很传统的低效经济,又有现在世界上最先进的经济,这些先进行业的薪酬水平是很高的,要跟世界竞争,你硬要压低薪酬,就会给自己带来很大麻烦,就招不到高素质的人才。如果你总的水平提高快,那么低水平的人就不能够保持过体面的生活,于是收入水平差距就拉大了。

　　对于企业来说,就是最终需求不足。对于宏观经济管理来说,就是出现了货币超发、通货膨胀的问题。因为要解决最终需求不足,就要增加投资,投资的一部分会转化为消费。但是这个办法是饮鸩止渴,它会加剧矛盾。你投资下去了以后,它又变成了生产能力,生产能力更大了,供给更多了,需求又相对不足了。那么这样一个"面多了加水,水多了加面"的局面,最后的结果就是货币超发、通货膨胀。

　　另外一个因素就是靠出口。因为靠资源投入会造成最终需求不足,很多亚洲国家就用这样一个办法,用政府的力量来支持出口,用外部的需求来弥补内需的不足。我们改革开放一开始就采取了这个政策,到了 1994 年的外汇改革就全面使用了这个办法。1994 年外汇改革是两个汇率并轨,并轨以后人民币深度贬值,大大促进了出口。东亚模式中有一个叫做出口导向的政策,就是用政府的力量推动出口,这对我们上世纪 90 年代的经济发展起了很好的作用。但是正像采用东亚模式这种办法的所有国家和地区纷纷碰到了问题一样,我们到了 21 世纪也碰到了问题。

　　碰到了什么问题呢? 就是成功地采取了出口导向政策以

后,经过 10 年甚至更长的时间,因为出口创汇,外汇结存就越来越多。外汇的供给很强,人民币的需求很强,于是就形成一个压力,这个压力就是人民币升值。从报刊上的一些言论来看,可能认为这个压力是来自于我们的贸易伙伴,来自于外国。但也有一个内部的动力,这个动力就是对于人民币和外汇供求的关系发生了变化。所有采取这个政策的国家和地区都或先或后地认识到,要解决这个问题,办法就是实现汇率形成机制的市场化,实现市场化也就是自由浮动的话,就要升值,于是所有采用这种出口导向政策的国家和地区,都会面临一个选择。但是原来的利益格局往往推动人们,特别是国家的宏观政策当局,选择稳住汇率。

我们在 2003 年和 2004 年的讨论,两种意见相持不下,一般说来业界是主张采取稳住汇率不升值的办法,经济学家主张选择浮动甚至完全市场化的办法。一直到 2005 年 7 月,开始了缓慢升值。如果要让它不升值,怎么办呢?就是让中央银行去收购外汇。所以我们收购的外汇就越来越多,2006 年我们到了 1 万亿美元,上个月月底国家的外汇储备是 1.8 万亿美元,而且是在不断增加的。

在人民币存在很大升值压力的情况下,就有一些外国的热钱进来要抢这个利,因为他们认为中国人民币一定会升值,所以就把美元换成人民币来等待升值拿这个好处,热钱也就进来了,也增加了升值的压力。为了保持不升值或者缓慢升值,中央银行收购的美元就越来越多。现在有点下来了,这是好现象。那么用什么收购美元呢?是人民银行发票子。你想 1.8 万亿美元发了多少票子?当然人民银行也采取了各种方法去找对冲,把它找回来。但是对冲不完,对冲不完就导致货币超发和流动性泛滥。

在开始的时候人们觉得没有什么坏处啊,因为大家都有钱了,但是它最终一定会出现一些很不好的后果。不外乎三种情况,一种情况也是最先出现的,就是资产市场的价格猛升,资产市场主要是证券、房地产、收藏品市场。第二个可能性就是物价上升,消费物价指数 CPI 上升。第三个可能性就是两者都上升。一般情况下都是资产市场先上升。我们的情况也是这样,去年我们的 CPI 就上来了。

总之,现在我们说的好多问题,归根到底都是因为经济发展方式有问题,是粗放的经济发展方式造成的。如果社会主义市场经济不能完善的话,一方面政府有能力动用资源,另一方面各级政府又追求 GDP 增长的目标,那么不管怎么号召,实际上还是转不过来。所以归根到底现在要解决这个问题,就要推进改革。

只有推进改革,各种各样的具体问题才有可能迎刃而解

我刚才是一面之词,说发生这些问题是经济发展方式有问题,经济发展方式转不过来的原因是因为改革开放推进还不够。

但也有另外一种解释,说所有这些消极现象、这些问题都是因为改革开放出了问题。

我们这个社会中确实存在一些负面现象,而这些问题又没有能够得到很好的解决,有一些问题是因为改革不到位造成的,有些问题是改革中间的具体措施不当造成的。对此,2006年胡锦涛总书记对上海代表团的讲话已经作出过回答,十七大更加全面地论述了这个问题,十七大的辅导报告题目就是"举什么旗,走什么路"。

所以我们要克服弊病就要推进改革开放,推进改革开放就要继续解放思想。所谓解放思想,就是要从旧的思想束缚中解

放出来。

我们的目标模式还有不清晰的地方，我们还要摆脱一个束缚，就是旧的增长方式的束缚。在前苏联斯大林时期把这种增长方式定为社会主义工业化路线，至今对我们的影响还很深。

市场经济中间的各个社会群体之间是互相依存的，他们之间有矛盾，解决办法是通过讨论，通过协商寻求一个共赢的方案。

我们应当从旧的思想束缚中解放出来，然后在此基础上，在大多数人共识的基础上，推进改革。

只有在各个领域全面推进改革，我们的体制才能逐步完善起来，我们面临的各种各样的具体问题才有可能迎刃而解。谢谢大家！（全场鼓掌）

（原载《解放日报》2008 年 7 月 25 日第 19 版）

对话篇

嘉宾主持：叶蓉（东方卫视主持人）

各位领导，各位来宾，媒体的同仁们，大家好！

本届文化讲坛的主题是"命运与共三十年"。从1978年到2008年，中国改革开放30年，可以说是风云激荡的30年。而这30年的发展不能忽略一个群体——中国企业家，正是他们义无反顾地投身于改革开放的大潮中，不断跌倒，不断爬起，纵百折而不挠，使他们成为了中国奇迹的创造者之一和推动历史前行的一种重要力量。

下面让我们用掌声请出今天的演讲嘉宾，他们是：著名经济学家吴敬琏、联想控股有限公司总裁柳传志、阿里巴

巴集团主席兼首席执行官马云、正泰集团股份有限公司董事长兼总裁南存辉，有请！（全场鼓掌）

（嘉宾演讲结束后）

叶蓉： 在这里要感谢解放日报报业集团，在文化讲坛成立3周年之际推出了"命运与共三十年"这样一个主题，让我们有一个回望历史、回望改革进程的机会。接下来请嘉宾和记者代表进行互动。

有时候需要腾笼换鸟，但最主要的还是就地取材

解放日报机动部记者郭泉真： 吴老，"防通胀，保增长"是当前我国宏观经济面临的重大课题，您认为解决这个课题最重要的是要抓住什么？

吴敬琏： 关于防通胀和保增长，一个是CPI持续上升，另外一个是GDP增速下降。关于这个问题不妨研究一下西方国家在上世纪70年代末期出现的情况，一方面是通货膨胀，物价上升很快，另一方面是经济衰退。对这种情况有很多研究、很多讨论，大家认为根本的问题出在战后几个战胜国用了当时经济学中的主导意见，就是用了凯恩斯主义造成的，所以上世纪80年代的治理，其实是一种混合的方式，一方面是货币总量紧缩，另外一方面就是从机制上提高企业的效率。

我们现在基本的方向恐怕也是这样一个方向，一方面是保持宏观稳定，尽量保持物价稳定。物价稳定一个是靠货币

政策,一个是靠财政政策。我的意见是,因为它的根源是在货币超发,所以货币总量的紧缩是不可避免的。但是这个病深了以后,下药下得猛,"吃药"的主要是中小企业,而中小企业是我们的经济基础,如果大量的中小企业出了问题,这就动了根本了。所以在货币总量紧缩的同时,在金融上要采取措施,尽量保护中小企业。其实1998年以后我们为了让中小企业成为国有企业下岗职工分流的主渠道,采取过一系列的措施,譬如为中小企业贷款、中小企业信贷担保等等,这些措施我呼吁重新启动,而且要加强,还可以有新的办法。最近我看到浙江尝试把"地下金融"翻明,我认为这是很好的措施,因为"地下金融"成本很高,风险很大,利率是驴打滚的利率,哪个企业摊到就永远出不来了。

另外一方面,从长远来说,还是要转变经济发展方式,这是一个根本的问题。南董的正泰是一个好例子,但就整个温州地区来说,像他做得这样好的也只是凤毛麟角。这不仅是企业家的事情,政府、整个社会都要采取得力的措施,来帮助这些企业转变他们的发展方式,提高技术含量,提高附加值,实现产业升级。最近和一些同志讨论腾笼换鸟,我就觉得,有的时候需要腾笼换鸟,但最主要的、普遍使用的,还是就地取材,这样可能风险小一点。(全场鼓掌)

子女最好不要在自己的企业工作

新闻晨报记者徐运:请教马总和南董,刚才两位演讲当中都提到了企业的社会价值,而且都拿比尔·盖茨"裸捐"来举例子。中国人传统的观念是子承父业,想请问一下,两位是不是打算将来传位给自己的子女?(全场笑)

南存辉:假如正泰是一个刚起步的家族型企业,我会把人才或者将来的团队培养划定在家族里面,尽管这样做可能会失去更多优秀人才的加盟。现在正泰已经成了国际化的大型集团,人才的需求就更为不同了。所以我有一个想法，就是自己的孩子最好不要在自己的企业工作，毕业之后可以到别的地方去学习，去锻炼。如果他成功了，真的有能力的话，我们这边建立了职业经理人制度，我们可以把他聘回来。我们如今在全世界范围内选择人才，可以不分肤色、不分语言，只要他认同我们的价值观、传承我们的做法、推进企业的持续发展，就行。（全场鼓掌）

所以我提出，我们这一代创业者最好将来能够成立一个创业者基金。如果你的子女有能力，有条件以职业经理人的角色进来，就进来，如果没有能力，就不要进来。我希望能够有这样一个制度来保障，有了这种保障，相信中国的民营企业一定能够做强做大。（全场鼓掌）

作为父亲，应该给孩子三样东西

马云：我们家的孩子还很小。（全场笑）我们也不是一个家族企业。阿里巴巴从第一天成立起，我们几个人就说过这是中国人创办的公司，但它不是中国人的公司，它是阿里巴巴人的公司，它将来有美国人、德国人、日本人、西班牙人等好多国家的人来参与，它必须是全球化的，所以我不可能把我的位子传给我儿子。

作为一个父亲，我应该给孩子三样东西。第一，我希望给他一个优秀的品德，就是老爸给他树立一个榜样，我不断地努力，他也要一样。给他一颗正直、善良的心。第二，我要给他一个强健的身体，不要像他老爸一样。事实证明我儿子比我长得高大

多了,所以我对我父亲讲,不是我的错,是你的错,你没把我养得那么高大。(全场大笑)第三,我想给他良好的教育,只要他愿意读书,我就支持他。这三样给他就足够了。至于他将来做什么,只要他有良好的品德、良好的教育、良好的身体,爱干什么干什么,跟我没有什么关系。我也没想过要成立家族企业,因为每个人要走的路都不一样。我的字写得那么烂,就是小时候我爸希望我成为书法家,天天让我练字,我练得火气特别大,结果越写越烂。所以,父亲不要把自己的理想强加给孩子,孩子一定会比我们厉害,一定会比我们聪明。(全场鼓掌)

比尔·盖茨是个好榜样,但不是我的偶像

马云:至于"裸捐",我认为媒体没有必要去要求中国今天的企业家一味地学习和模仿西方企业家,因为对我们来说,现在学着花钱和捐钱还太早。中国绝大多数企业都还年轻,像柳总的企业才二三十年,阿里巴巴才成立十年,我们现在对国家最大的贡献,就是不断地做强自己的企业,不断地创造更多的就业机会,我们可以在工作的同时,为社会创造更多的价值,凭我们的影响力来创造更多的财富。(全场鼓掌)

比尔·盖茨是一个很好的榜样,但不是我的偶像。我相信我们这一代企业家应该有更好的办法,而不必等到退休以后再去捐钱。中国企业家的资源是有限的,精力是有限的,他们应该把自己的资源、精力、能力和思想贡献给社会。其实,对我们

来讲，最容易做的事情可能就是把公司卖了，回家享受人生，我们都做得到。但今天，我们更应该利用自己的影响力和管理企业所获得的经验把企业做得更好，社会才会有更多的财富，才会像刚才吴教授讲的，我们才能为国家的发展作更多的贡献。所以，我觉得盖茨很好，但他不是最好。（全场鼓掌）

南存辉：我觉得企业家最大的社会责任就是要把自己的企业做强做大做好。假如我们好高骛远、不思进取，做了一些错误的决定，企业就无法发展，这对国家、对社会的影响是不好的。还有一种现象，我很不理解，就是有的企业这边捐钱，那边被税务查账，我觉得这就是没想明白，企业发展首先一定要诚信守法。现在我们在发展过程当中还有不少困惑，发牢骚、抱怨都无济于事，但在探索当中如果能不断提出一些正面建议，我觉得也有好处，提建议也是我们的责任之一。如果我们把那些该做的事都做好了，那么在社会上带头捐赠，也是应该的。做慈善，首先要把自己做好。（全场鼓掌）

期望把公司办成没有家族的家族企业

柳传志：关于继承人这个事，我想谈谈看法，特别是吴老师在这儿，我想请他看看我的想法通还是不通。

联想不是一个家族企业，但是我倒是想把它办成一个没有家族的家族企业，因为我肯定要面临一个接班的问题，分几年要做完。谁接班？怎么把联想长期办下去？他是不是能像我一样有事业心？这当然是非常重要的问题。我不是这个企业真正的股东，我只有占1％到2％很少的一点股份，我就是凭着这种事业心在做。为什么要变成一个没有家族的家族企业？我觉得家族企业有一定的优势，就是事业心的问题。因为在一个企业里面，即使上市以后，我认为主要的大股东还是非常重要的。

在我们并购 IBM 的 PC（个人电脑）部以后，我们有一个国际化的董事会，这个董事会有相当多的独立董事，独立董事主要的责任是监督这些管理层有没有真的好好在做，也监督大股东，你们几个有权说话的人是不是利用上市公司为自己牟利，但是他们对企业的发展本身不会提更多的意见。真正做战略决策的，还是几个大股东。

现在联想战略委员会里有 5 个股东至关重要，一个是我，代表了 45％ 的大股东的利益；还有两个是美国公司的人，他们进来以后，他们要说话；还有一个当然是董事长杨元庆；还有一个就是 CEO。在当初换不换第一届 CEO 的时候，其他董事没资格提出，他们不会发声音，很谨慎。对于第一个 CEO，我很快就认识到他不够格。而另外两个董事他们在美国有人脉，知道换人需要由大股东来作决定。倘若大股东股份很小，就有可能会出现当年惠普那种情况，管理层将股东利益抢走。

所以，马云，我觉得股东是非常重要的，如果没有一个要为这个企业认真负责到底、有事业心的大股东，有可能全世界的经理人都一样会有问题。所以我现在选接班的同事，就要考虑怎么从精神上、物质上让他们有主人的感觉，这样我交班，心里才踏实。马云先生，您请！（全场笑，鼓掌）

客户、股东、员工，谁该摆在第一位

马云：我跟柳总之间有两种不同的思考，我希望对企业管理、对西方企业管理也能形成一种提升、转移和升级。西方确实是以股东利益为主，但我们的很多股东跟我聊天的时候，我觉得他们的想法有的就是胡扯。真正运营企业的是创业者，而所做的一切都是为了我们的客户。我代表我的客户利益，因为我最后坚信是客户给我钱，而投资者、大股东，说变就变。

柳传志：马云，你不就是一个大股东吗？

马云：我不是大股东，我是小股东。

柳传志：你和你的团体呢？

马云：我和我的团体也是小股东。（全场笑）

柳传志：假定你真的完全是管理层的时候，你考虑问题是不是就变成了一种内部人在控制？

马云：我担心的是职业经理人的管理，他会把我的公司变成一个真正以股东为导向的公司。因为股东往往是没有想清楚自己要干什么，他觉得今天你会挣钱，所以就投资给你，而不是说为我的客户、为我的员工创造长期价值。我见了太多的股东，天天来讲，说得非常好，但是一旦你变化，他根本就没法懂你的想法。要保障大小股东的利益，但客户的利益首先要得到保障。

柳传志：要保证股东的利益，必须认真地把客户的利益、员工的利益放在第一位，这时候才可能有股东利益。

马云：所以我相信客户第一，员工第二，股东第三。（全场笑）

柳传志：但是出发点是要保证股东的利益，必须要这么做。

马云：我们"线下"继续探讨吧。我觉得这辈子很难有人能改变我的这个看法。有人跟我讲员工第一，我觉得是虚伪的，这是大锅饭的开始。如果有人说是股东第一的话，基本就可能会出现安然事件。股东不知道自己要干什么，职业经理人也不知道自己要干什么，只有真正的领导者知道自己要干什么。我的投资者跟我斗争了 9 年，最后只要我在，他们还是被我"镇压"着。

南存辉：你不知道谁会是下一个 CEO，怎么办？

马云：我后面所有的人都得跟我一个模子，都跟我有一样的 DNA，要不然他就做不了我的 CEO。

南存辉：但 DNA 不是你的，怎么办？ 只有你儿子才能遗传你的 DNA。（全场笑）

马云：我的团队绝对能传承我的 DNA。所以我讲我们是由一个"疯子"变成一百个"疯子"，现在一万多人里面至少有两千个"疯子"，两千个"疯子"里我觉得还是能找出一些人的。

叶蓉：观点交锋很激烈，请吴老为我们作总结吧。

吴敬琏：不是总结，是一点怀疑。（全场笑）马云，你说第一位是客户，对一个公司来说，当然第一位是客户，这个没有问题，问题是客户怎么来保证你的下一个 CEO 有你的基因呢？（全场笑）

马云：为了这个，我花了很长时间去研究组织建设和人才培养。其实这三年我基本不再做业务，几乎所有的工作都是为了培养接班人，在我还年轻力壮的时候，我的主要职责已经是寻找接班人和培养接班人。其他人可能做业务都做得比我好，但是我能找到未来的接班人。

吴敬琏：用这种个人指定接班人的办法，出错的概率很高。（全场笑）不是靠着制度，而是靠着一个人去找人，这个太危险了，这个太危险了。（全场笑，鼓掌）

（原载《解放日报》2008 年 7 月 25 日第 17 版，尹欣、吕林荫、张航、林颖、陈俊珺　整理　金定根　摄影）

点评

继续伟大的选择

解放日报报业集团

党委书记、社长　尹明华

今天的现场气氛热烈,嘉宾们的演讲精彩感人。他们讲自己,也是在讲时代;讲企业,也是在讲国家。他们所说的故事、经历和见解的核心,就是30年前中国人民的一次伟大选择,造就了今天伟大的变化。

30年来中国的发展,无论外延还是内涵,无论速度还是成效,已被世界普遍确认是一个奇迹。

这个奇迹,产生于会被"开除球籍"的忧虑,自省于对民族磨难的思考,发轫于改革开放的起步,成长于科学发展的探索。

命运与共30年。我们目睹和体验了这一奇迹般事实的产生。并且认为,促成30年来中国社会发生伟大变化的重要缘由,就是解放思想,改革开放。

可以继续提出许多问题,来说明我们做得还很不够,需要进一步努力。这种发现、正视问题的本身,正是解放思想成果的延续性体现。

解放思想作为科学命题,有着特定的理论内涵。解放思想从根本上讲,是以什么样的态度对待马克思主义的学风问题,是要用科学的世界观和方法论,按照社会发展规律和执政规律,不断地研究新情况,解决新问题。

解放思想作为思维方式,有着特定的文化内容。从文化的角度看,它从多个层面,冲击了社会僵化保守的陋习,变动了人们习以为常的思考,唤起了全社会传承于历史基础上的文化创新和思想革命,使国家、民族面向未来的历史进程发生了意义深远的转移。

30年的时间并不久远。但在中华民族五千年发展史的空间架构中,正是解放思想的力量,帮助人们确定了一种在过去和未来之间的位置和联系,构成了某种独特的、无法抹去的文化记忆,并以某种证物的形态烙印在历史时序中。

回到30年前,假如没有解放思想的伟大力量,身为地球村的一员,我们的社会发展可能仍将是没有速度的奔跑,没有高度的弹跳,没有名次的竞争,以及没有活力的生存。

而世界照样呼啸前行。没有人会因为别人的同情变得富有,没有人会由于他人的理解重新起跑。

或许,我们仍会被限制于用一种声音说话,用一种思想表达,用一种方式选择,用一种手段追求,用一种标准定义。习惯势力和主观偏见,仍会成为寻求正确的主要依据。解决实际问题的能力和价值,仍然会理所当然地受到轻蔑。

每一代人都要经历自己的问题并选取它的解决方式。人们为此需要那些滋润灵魂的引导。假如没有解放思想的号召和推动，在今天的现实生活中，即使我们拥有崇高的信仰、奋发的豪情、正确的策略、宏伟的目标，我们仍会缺少另一只"看不见的手"，缺少对规律的发现和运用，缺少对人性的关怀和重视。进而言之，在经历了共有的、不可逆转的时段以后，由于解决问题的方式本身或许成为问题，我们将难以企及实现全面协调、又好又快、科学持续的发展。

托夫勒在他的《第三次浪潮》中，把现代化定义为人类社会的普遍过程和归宿。但事实上，现代化只是一种特殊的现实力量的产物。假如没有一种整体的、全新的思维方式，那么，所谓现代化也就不具有普遍的必然的历史意义。

因此，任何时候在任何地方，如果只想发生小小的变化，那只需要改变人们的行为方式；如果希望带来成倍的改变，那就必须改变人们的思维方式。

普遍的习惯，就是文化，就是思维方式。今天，在解放思想的旗帜下，我们已经普遍认同于改革开放、科学发展、和谐社会、以人为本，已经习惯共识于市场经济、价值再造、创造创新、多元并存，我们可以在很大范围快乐而忙碌地追求自己需要的东西。这是解放思想带来的生活和文化的变化，如同马克思所说，我们是在"自己选定的条件下创造历史"。

世界就是这样。你有了发展，才有地位；你有了力量，才有文明；你有了远见，才有机遇；你有了思想，才有作为。

正确并非是对完美的评价，伟大往往是对必要性的肯定。解放思想给定的思维方式，让我们获取了正确和成就了伟大。我们理应继续这伟大的选择。

最后，让我们再次用热烈的掌声，对四位嘉宾的精彩演讲，对叶蓉女士的出色主持，表示衷心的感谢！

（原载《解放日报》2008 年 7 月 25 日第 20 版）

侧记

继续伟大的选择

　　1978 年的中国面临了怎样一种凝重的变局,世界记忆犹新;1978 年的中国开启了怎样一个伟大的选择,世界为之惊叹。

　　30 年改革开放,30 年命运与共,我们感受和目睹着伟大的选择所造就的伟大的变化。在昨天的解放日报报业集团第十六届文化讲坛上,著名经济学家吴敬琏、联想控股有限公司总裁柳传志、阿里巴巴集团主席兼首席执行官马云、正泰集团股份有限公司董事长兼总裁南存辉,以他们各具典型意义的经历与思考，为济济一堂的观众共同呈现了关于《命运与共三十年》这一主题的深刻体悟。

30 年的时间沉淀出一个民族的深情记忆，证明了一个选择的非凡意义。"改革开放是决定当代中国命运的关键抉择，是发展中国特色社会主义、实现中华民族伟大复兴的必由之路；只有社会主义才能救中国，只有改革开放才能发展中国、发展社会主义、发展马克思主义。"

30 年的沉淀与证明，更指向未来共同的光荣与梦想。继续我们伟大的选择，坚持改革开放，因为"停顿和倒退没有出路"。

柳传志：在和外国企业竞争过程中树立民族品牌

记住过去，是为了更好地体验当下和憧憬明天。首位演讲嘉宾柳传志以这样的思维方式，开启了昨天文化讲坛对改革开放 30 年的聚焦："1961 年我 17 岁，正好上大学。当时困难时期，一个月 30 斤粮食，虽然不少，但没有油水，肚子饿得受不了。有天夜里，我实在受不了，起来把两颗治感冒的药丸吃进肚子里，那滋味现在都忘不了。"话锋一转，点明深意："这个事和今天一比，真的恍如隔世。拿这个开头，我就想说，这个改革开放真的来之不易，希望后来的人永远记住以前是什么样的。"

1984 年 20 万元起家的"联想"，在不久前《财富》杂志公布的 2008 年度全球企业 500 强中，成为唯一一家跻身全球 500 强的中国内地民营企业。柳传

志透露,早在 1997 年的时候联想就定下了进 500 强的目标,经过不屈不挠的努力,今天终于梦想成真。总结经验,柳传志归结于联想的四个"成功":成功地转变观念和机制,实现了科研成果产业化;在跟外国企业的竞争过程之中,成功地树立起了民族品牌,赢得上风;成功地进行了股份制改造,对企业管理水平进行了提升;研究如何培养人才,成功地总结出一些经验。

通往成功的路途上总有坎坎坷坷,总遇风吹雨打。在昨天的文化讲坛上,柳传志披露了联想创业路上的艰辛往事,十分感慨:"我们这个企业,前半段大部分精力花在适应环境或者跟环境作斗争上,后来环境逐渐稳定以后,主要精力才用于提高自身竞争能力和管理水平上。最难过、痛苦的事情还是前半段,市场不规则。""联想"的命运起伏,从一个侧面见证了改革开放从计划经济到市场经济的艰难之路。

南存辉:中国的民营企业在成长,但更需要成熟

南存辉这样理解改革开放:"改革就是市场化,开放就是国际化。对我们来说,正好是碰到了大好环境,好时代带来了大变化。"

南存辉的感恩并非空洞的颂词,而是发自肺腑的感悟。2006 年他应邀参加美国财政部长保尔森在杭州的一个晚宴,保尔森问他一个问题:近年来中国政府出台的哪些政策对中国企业尤其民企影响最大?南存辉有感而答:"整个中国社会正在向市场经济发展,由此出台的相关政策正促使国内企业遵守国际规则,为民企做强做大提供了前所未有的机会。一系列政策创新,扩大了民企市场准入的范围,提供了更为广阔的市场空间。政府出台了宏观调控政策,促使企业加大了创新力度,提升了产业水平。"

人说"三十而立"。南存辉所理解的"立",不仅是指"成

长", 更意味着"成熟"。他认为民营企业需要成长, 更需要成熟: 林林总总的企业好比一座金字塔, 底部是"存在的企业", 它的上方是"有形象的企业", 再上方是"有文化的企业", 而塔尖则是"有哲学的企业"。"有形象、有文化、有哲学才是成熟的企业。改革开放 30 年来, 中国的民营企业在成长, 但离真正的成熟还有距离。"

南存辉坦然直面民营企业生存现状中的问题:"我们在国际市场上, 绝大多数还是处于价值链的低端, 大量的都是在做加工贸易, 大量的都是在替别人做嫁衣。我们形成了大量低廉的劳动力市场, 换来了很多外汇和税收, 但价值的高端——品牌资本和核心技术他们都带走了。所以我们不能满足于引外资、赚外汇。"在对外开放中培育国际竞争力, 中国企业亟需这样的成熟。

马云: 坚持自己的想法, 持久地走自己的路

马云激情四溢的演讲, 引来了一次次笑声和掌声, 也给观众们带来了意想不到的心灵冲击。

作为互联网商务的先行者, 人们总以"前瞻性的眼光"、"超前的思想"来定义马云。而马云本人对此并不认同, 他谦虚地表示, 自己只是"瞎猫碰到死耗子", 就是想到了就干, 干了后才去想。不过, 在昨天的文化讲坛上, 他还是"交待"了自己带领阿里巴巴前行了十几年的独特心得:

做别人不愿意做的事, 别人不看好的事:"当今世界, 我做

得到的事情别人做不到，或者我可以做得比别人好，这太难了。但是，别人不愿意做、别人看不起的事，我觉得还是有戏，坚持不懈，就能做成，这是我自己这么多年来的一个经验。"

把握每一次危机："我这几年可能有一种心理变态，每一次碰上经济危机，就莫名其妙激动，觉得机会来了。而大家都觉得很好的时候，我却感觉到灾难要来了。我相信，机会永远在危险之中的，关键是你敢不敢去抓。'非典'时我们公司600多名员工全部被隔离，我们通过网络在家办公，维持了正常运作，成了我们训练企业文化最重要的时机。"

学习别人失败的经验："我花得最多的时间是研究国内外企业是怎么失败的。因为失败的道理都差不多，就是这么四五个很愚蠢的决定，但是每个人都认为这个错误别人会犯我怎么会犯。我给大家一个建议，去学习别人的失败，不断地去反思，因为失败总是会来的，我们要知道该做怎么样的防范。"

在IT界，马云以"疯"、"傻"著名。对此他不无骄傲地笑着宣称："我就是特别喜欢又傻又天真地坚持自己的想法，然后又猛又持久地走自己的路。"或许，这正可理解为他"被时代引领与引领时代"的使命感与价值观。

吴敬琏：最重要的就是这个舞台搭起来了

30年告诉我们什么？

这是本届文化讲坛向吴敬琏提出的问题。这位著名经济学家登上讲坛后，当即作答："过去人们都说，华人或者说中国人是天生的企业家，可是大陆人例外。30年告诉我们什么？大陆人不例外！为什么不例外？我认为最重要的一个因素，就是这个舞台搭起来了。30年告诉我们什么？胡锦涛总书记在十七大报告里的这句话是我心目中最好的回答：改革开放符合党心民心、顺应时代潮流，方向和道路是完全正确的，成效和功绩不容否定，停顿和倒退没有出路。"

吴敬琏简明扼要地回顾了这个"舞台"搭建的过程："文化大革命"刚刚结束的时候，我们其实只有一个目标，就是赶快改变整个国民经济、整个社会濒临崩溃的状态。经过几年探索，大概在上世纪80年代中期，大致上确定了"有计划的商品经济"（后来的表述是"宏观调控下的市场经济"）这一目标。80年代后半期，我们对如何搭建这个舞台进行了各种设计。邓小平南方谈话以后，第一件事就是把商品市场基本放开了，1994年进行了财税体制、银行体制和外汇管理体制的改革，把要素市场初步建立起来，把宏观经济管理的初步框架建立起来。而1997年以后在建立市场经济的产权基础方面迈出了很大步子。所以，中国经济在世纪之交时就让全世界刮目相看。

继续推进改革开放，将舞台搭建得更加完善，吴敬琏提出了他的建议，就是"要继续解放思想，建设公正法制的市场经济"。

嘉宾们的真切感悟与真知灼见，令观众听得入神。

而演讲过后嘉宾和解放日报报业集团记者的互动交流，又显示出另一种吸引力——观点碰撞，思想交锋。

有记者将"是不是打算将来传位给自己的子女"的问题抛给了马云和南存辉，吸引了现场观众的目光。南存辉答道："我有一个想法，就是自己的小孩最好不要在自己的企业工作。我们这边建立了职业经理人制度，如果你有能力的话，才可以把你聘回来。"马云则说："阿里巴巴第一天成立的时候，我们18个人就说过这是中国人创办的，但它不是中国人的公司，它是阿里巴巴的公司，它将来由美国人、德国人、日本人、西班牙人等好多国家的人来参与，它必须是全球化的，所以我不可能传给我儿子。"

昨天，三个多小时的文化讲坛，久久地吸引住了全场观众。显然是因为台上表达的精彩，其实也是因为台下聆听的投入，因为我们同样拥有"命运与共三十年"的那些感受和感动，或深或浅，或典型或寻常，但意义都珍贵。

（原载《解放日报》2008 年 7 月 23 日第 5 版
黄玮、曹静　采写　金定根　摄影）

第十七届文化讲坛：

上海世博会的文化构想

余秋雨　历任上海戏剧学院院长、上海戏剧家协会副主席。曾被授予"国家级突出贡献专家"、"上海市十大高教精英"等荣誉称号。艺术理论著作《戏剧理论史稿》，获全国首届戏剧理论著作奖、文化部全国优秀教材一等奖。散文集《文化苦旅》先后获"上海市文学艺术优秀成果奖"、"台湾联合报读书最佳书奖"、"金石堂最具影响力的书"、"上海市出版一等奖"等。作为大文化思考者，余秋雨先生还在各地演讲，传播文化思想。2004年人类发展报告论坛，他是唯一与会的中国人与文化人。海外媒体评论说：余秋雨，是当代中国文化的创造者。

演讲篇

上海世博会的文化构想

余秋雨

应当站在今天向未来作出回答,而不要用遥远的昨天来安慰今天

2010 年上海世博会将是今后几年上海的一件大事,中国的一件大事,也是世界的一件大事。据我所知,筹备工作高效有序,气魄宏大,成功是完全可以期待的了。但是,我们还应该抓住从现在到开幕的 20 个月的时间,再对其中一些大课题作一些深入探讨,争取让成功更加成功。这也是我今天愿意来作这个演讲的原因。

大家知道,我对世博会的关注,是从批评开始的。

2000 年,我对当年汉诺威世博会的中国馆提出了严厉批评。后来,我又批评了 2005 年爱知世博会的中国馆。我在批评汉诺威中国馆的时候,上海还没有申请到世博会的主办权,因此,我的批评不是着眼于世博会,而是出于更加重大的思虑。

当时,我正在对中华文明和世界文明进行着大规模的对比性考察。先是历险四万公里考察几千年前与中华文明同时存世的人类其他古文明遗址,进行充满悲怆的古代比较,走的是北非、中东、南亚一路。这条路,现在已经走不通了。紧接着,我又实地考察了欧洲 96 座城市,进行充满反思的近代比较。

重重比较,使我越来越强烈地感觉到,我们以前对中华文明和世界文明的理解,从内容到形式都是极其简陋的。我们总是惰性地沿用一些陈旧的理念、故事、物像,以为已经可以完成表述。其实,这与中华文明和世界文明自古到今的实际发生情况,有很大的差距。这种差距,正是来自于我们凝固化的文化思维模式。

正这么担忧着,我的考察路程恰巧到了德国的汉诺威,碰到了世博会。而且,我得知一个惊人的消息,在世博会开幕之前,传媒对汉诺威市的民众进行问卷调查,题目是:在参展的 155 个国家、17 个国际组织的场馆中,你最想看哪一个国家的?报纸公布的调查的结果,第一是他们自己的国家馆德国馆,第二就是中国馆。

这个调查结果让我既激动又紧张,因为我知道,这反映了很多欧洲人对于了解中华文明的巨大饥渴,我们能够让这种饥渴稍稍得到满足吗?

开幕那天我看到中国馆的实际情况和当地市民的失望眼神,我已多次说过,今天在这里就不重复了。但是,其中有一些情景反映了我们最容易犯的老毛病,我还要再提醒几句。那个中国馆的门上是京剧脸谱的喷涂,外墙是万里长城的喷涂,作为整个展厅的归结是一个针灸人体模型。我看了其他那么多场馆,没有一个像我们这样,完全用一种陈旧图像把自己封闭住的。脸谱是对脸的封闭,城墙是对土地的封闭,模型是对活体的封闭。那么,哪儿去找生动活泼地融入世界的当代中国人呢?找不到。千不该万不该,那个馆还花力气布置了一个中国人登上月球的场景,借用的又是外国人登上月球的照片,只是在登月者胸前改挂了 CHINA 的标牌。而且,那些脸又是被航天服封闭的。

由此我觉得,现在一些西方人对中国有各种各样的误会,一半是出于他们偏见式的传播,一半则来自于我们自己误导式的传播。

2005 年爱知世博会上的中国馆,占据的面积是 120 个参展国场馆中最大的,与汉诺威的中国馆相比有了一些进步,但是,结果仍然令人伤心。世博会大门口有一块牌子每时每刻告示每个馆门口需要排队等候的时间,我看过几次,后来每次经过中国馆的牌子,都不敢抬头再看。这个馆的毛病,还是历史、历史、历史。整个大厅墙上黑糊糊的全是有关中国历史的浮雕大汇集,连我这么一个长期研究中国历史的人都没有精力和兴趣去一一辨认。放在墙下面地上的,则是各种各样的老式家具和古董。尽管偶尔也有民族音乐表演,但整个说来,是一片堆积而成的暮气沉沉。这与 2005 年中国迅猛发展的现实,简直有天壤之别,而我们很多人却错误地认为,这就是"文化"。其实,所有的馆都应该站在今天向未来作出回答,而不能用遥远的昨天来安慰今天。

我花这么多时间讲述那两届世博会中国馆的教训,并不是要来反衬正在筹备中的 2010 年上海世博会的优秀。恰恰相反,我认为那两次的教训不应该仅仅责怪某个制作团队,而是暴露了我们习惯性的文化思维,因此即使攀上了新的平台,也应该警惕。

最担心的是一条：在巨大的财经支持、国际支持、技术支持下的人文疲软和人文失落

对于 2010 上海世博会，我一点儿也不担心它的总体布局、国际规模、资金来源、经费管理、景观设计、生态环保、交通条件，更不担心它的接待能力、协调水平、服务系统，对于届时上海市民的整体素质、志愿者的表现，更有非常乐观的预期。而且，我坚信这次世博会上的"最佳城市实践区"、"网上世博"等等亮点，将会光彩夺目。

当然也有不少担心。最担心的是一条：在巨大的财经支持、国际支持、技术支持下的人文疲软和人文失落。

与其他方面的成败不同，人文疲软和人文失落没有具体数据验证，甚至也找不到明确的评论话语，只让人隐隐地怅然于心头。然而，这正是我们最需要提防的。

我仔细地研究了上两届世博会中国馆的教训，发现一个有趣的规律：造成失落的主要原因是害怕失落。

由于害怕失落，就上上下下用蛮劲，但是，人文精神怎么可能用蛮劲捕捉得住呢？这就像组织人力拿着铁网去捕捉朝霞和秋色，徒劳无功。

由于害怕失落，我们会一次次地收罗专家学者的所谓"集体智慧"，一层层地演绎主题，开起了一个个有关"中国元素"和国际观念的研讨会，积累了大量的话语资源，以为这就不会失落了。结果，拿出来的东西枯燥乏味，反而大大失落了。

因此，我要向筹办上海世博会的朋友们建议，从现在开始，筹备工作的各个方面都应该越来越加紧节奏，唯独在演绎主题、讨论文化、集中智慧等方面要放松心情。我已经感觉到，在这些方面再紧张下去，就要坏事了。

那么，我们不妨从演绎主题的问题谈起。

如果我们习惯于从重重图表、层层衍生中来判断运营的可

靠性,这种心理定势一旦传染到人文领域,就会出现奇怪的状况。

例如,这次 2010 上海世博会的主题是"城市,让生活更美好"。这本来已经足够,而且各国场馆的设计也不必把它当作套子,只要搭上一点边就可以了。但是按照我们的思维习惯,或许会觉得这样的主题还太空洞、太自由,因此会花很多力气来设定"二度主题"、"三度主题",而且每一度主题还要派生出甲、乙、丙、丁,一、二、三、四。我们思维程序一般是这样的:在"城市"的总帽子下,应该延伸到"中国城市";讲到中国城市,应该归功于中国智慧;那么中国智慧又是什么呢? 当然又必须去寻找出几项基本特征了,如"厚德载物"、"刚健有为"之类;这些基本特征又太抽象,因此又必须一点点细化……到这一步,其实已经变成一场越陷越深的概念挣扎,既与"城市"的主题离得很远,也很难再进行形象表现。要表现,即使让形象大师出场,也只是概念图解了。

因此,我们一定要摆脱这种困境,重新返回起点性的简明,返回创造性的自由。

不要再为"主题"苦恼了,也不要为"中国元素"而过多苦恼

我们应该明白,在任何文化创意活动中,抽象概念常常是桎梏。丢弃还来不及呢,为什么再去打造? 歌德说,"理论总是灰色的,而生活之树常青"。平日我们在做学术研究的时候,有时避免不了那些抽象概念,却也要力争快速超越,但办世博会毕竟不是做学术研究,何苦要跳到里边去呢?

抽象概念每设置一层,就必然会剥夺一层创意的活跃性,渐渐只能越抽越干,到最后就成了上两届世博会上出现的沉重教训。

我看历届世博会,凡是做得精彩的场馆和仪式,一定不是主题的"演绎"。所谓主题,就像在地上划了一个粗疏的大圈,许诺大家骑着不同的马在上面自由地奔驰和舞蹈,而不是要大家坐在那里围绕着它来说文解字、咬文嚼字。例如,汉诺威世博会的主题是"人类·自然·科技",但是德国馆却把"所有的德国名人都是未完成的雕塑"这样一个有趣景象放在最引人注目的大厅,由于设计惊人,广受好评。法国馆更是用"法兰西走在十字路口"的自嘲,给人留下深刻印象。这些设计,都与主题若即若离,却显得自由自在,一派潇洒。

依我看,2010 上海世博会的"城市"主题必定会超浓度地体现。试想,让中国繁华的一个城市的中心区域来办这届世博会,还不"城市"? 又有一个让世界各国的天才们各自呈现的"最佳城市实践区",还不"城市"? 因此,不要再为"主题"苦恼了。

也不要为"中国元素"而过多苦恼。请放心,这届世博会在中国举行,由中国主办,又处于全世界都关注中国的时代,中国元素只会太多,而不会太少。去年世界特奥会在上海举办,我出任文化总顾问和艺术总顾问,曾花不少时间解除美国的总导演和总设计的困惑。他们问:要舞龙舞狮吗? 要八卦图吗?要京剧脸谱吗? 要《茉莉花》吗? 要五十六个民族各自的符号吗? 我说:"这一些,都不要特别考虑。中国人能参与全世界的人道主义事业,就已经满足。"结果大家看到了,中国元素还是处处渗透出来,完全不必担忧。更何况,今年北京奥运会上中国元素已经表现得非常充分,我们更不能做大同小异的摹拟。在这一点上,我们一定要把心态放松下来。

世博会文化,历来以全人类的思维为主轴,具有充分的世界性

世博会,是世界各国的一次特殊聚会。世博会文化,历来

以全人类的思维为主轴,具有充分的世界性。在我的印象中,世博会文化的世界性,大致可以分为以下三个阶段:

第一阶段,着意于世界工业创新产品的呈现和推广。电报、电话、电影、打字机、无线电等等,都是从世博会走向世界的,这种推广,没有国界;

第二阶段,与第一阶段部分重叠,已经不满足于有形创新产品的推广,而是越来越偏重于世界共同信念的整合,例如在民族战争、世界大战的漩涡中呼唤着国际观念、反战观念、和平观念;

第三阶段,从1970年大阪世博会开始,更是大幅度地摆脱对于每个国家已有成果的呈现,而是承担起了思考人类未来的责任。因此,主题也就上升为"人类的进步与和谐"、"人类·自然·科技"、"自然的睿智"等等,而且经由太空观念而落到了环保观念。直到今天,面向未来的人与自然的关系,仍然是目前和今后世博会的基本思维导向。

在以上过程可以看出,我们如果过多地着眼于自己国家的历史回顾,那实在是背离了世博会的精神走向。上两届世博会上中国馆的毛病,主要也出在这里。这次,我们不能在自己的家门口再度脱轨。

国际、创新、责任,应该是世博会文化的关键词

说到这里,我可以归纳一下我的基本想法了。

一、如果说,奥运会是从体能上呈现了世界性,那么,世博会是从智能上呈现了世界性。智能的呈现要比体能的呈现更精细、更周密、更完整,因此世博会构成了一种独立的文化。上海2010年世博会的文化思维,应该是世博会文化的一个重要组成部分,而不是另起炉灶;

二、如果说,世博会一百多年来在第一阶段还以呈现已有成果为主,那么,这种"已有成果"也是指最近几年的新创造。世博会文化只在乎创新,而不在乎历史。因此,巴黎举办世博会时就敢于以一个铜铁的艾菲尔铁塔与历史对峙,和历史逗乐。上海2010年世博会,一定要立足创新,伸发创意,这才能进入世博会文化的主航道上来,也有利于更新我们的文化思维模式;

三、世博会文化在近三十余年来已全盘地转向对人类未来的思考,因此,我们在2010年作为东道主要向全世界呈现的,主要也应该是中国人愿意为人类未来承担的责任。如果老是说我们的祖先多么厉害,那么,作为辉煌的巴比伦文明的后代,伊拉克更有资格这么说。把我们的目光从过去移向未来吧,而且由得意转为忧思,因为我们承担着太多的责任。

艺术创作应该按照艺术创作的本性来进行。以行政工作和技术工作的方式来处理,这就麻烦了

最后,我顺便提一下创作团队的问题。

我前面说了,最担心的人文失落,并不包括市民的整体素质、志愿者的表现和服务水平。那是指什么呢? 主要是指中国馆、主题馆和仪式性演出的内容和形式。

这其实已进入到艺术创作的范畴,因此应该按照艺术创作的本性来进行。但是,我估计按照我们的习惯,或许会以行政工作和技术工作的方式来处理,这就麻烦了。

看历届世博会上的一切成功设计,我们总会惊叹它们的奇想异设、灵光乍现、天才勃发。不难想象,这一定是一个或几个最聪明、最俏皮、最不受拘束的艺术家的灵感闪亮。但是,我担心有的同志往往认为这么大的事情必须集体创作,名曰"集思广益"、"集体智慧"。结果,你一点我一滴地不断添加,你一锤我一棒地反复敲打,最后出来的难免是一个"钝器"。什么都有了，什么也不错，就是没有稀世无二的光彩、令人喜悦的幽默、让人难忘的绝妙。

在这样的创作中，我历来怀疑一次次"专家学者座谈会"究竟是起了正面作用还是负面作用。二十几年前我还在担任上海市的咨询策划顾问，得知松江佘山脚下打山洞搞了个西游记宫，投资高、层次低、游客少，彻底惨败，便询问立项的理由。当事单位拿出三十几位教授、专家的论证，而且都有签名盖章。我一查，多数是在学校里讲《西游记》的教授，没有一个懂得旅游，懂得施工，懂得山林保护，懂得上海历史。

现在我们请来开一次次座谈会的专家学者可能不一样了，但他们几乎都是在谈论某种知识，而难以提供创造性构思，更未能想出能让各国参观者乐不可支、流连忘返的项目。偶尔也有具体建议，例如我就分明听到过一些专家要求在世博会前把几个与上海有关的古代名人的巨大塑像竖在黄浦江中央与纽约的自由女神像相媲美的强烈主张。我真不知道开那么多座谈会、听那么多意见后，能撷取多少精华，最后是否能拼合成一个"最佳方案"？

按照以往的工作习惯，我相信大体会按照招标、评选的方法来进行。但这在艺术创作中是行不通的。在这一点上应该学一学北京奥运会的操作程序。最早就确定张艺谋为总导演，一切都以他的艺术感觉为取舍，而且严格对外界保密。上级审查，只是在开幕式前几天快快地做了一次。这才像艺术创作的样子。艺术创作，最怕七嘴八舌，尤其是怕那些不懂艺术创作的"专家学者"来七嘴八舌。

因此，我建议 2010 世博会中凡是具有艺术创作本性的项目，尽快确定一个有足够信任度的总设计、总导演，由他们分头来统领全局。应该知道，艺术创作的深层秘密只与艺术家个体生命的深层秘密相对应。在这个问题上，人多、势众，都没用。

现在可能有一个误解，以为层层主题由专家学者定，具体演绎则由艺术家定。这样就把艺术家当作了一种纯工具性的底层存在。诚然，在这么大的一个活动中，工具性的艺术人才是大量需要的，但决定最高形式的，也应该是艺术家。形象思维并不是逻辑思维的仆从，而是自成起止的独立系统，应该由杰出的艺术家来掌管。

也有一个具体建议，例如某个关键性的大型表演，是否可以请张继刚先生来任总导演，那就把一切交给他了。在其他方面，则可礼聘各种国际型、前卫型、探索型的艺术家来执掌。

（全场鼓掌）

（原载《解放日报》2008 年 10 月 17 日第 18 版）

对话篇

解放日报报业集团党委书记、社长尹明华：

今天的文化讲坛，以世博会为主题，邀请余秋雨先生演讲。

世博会在中国上海举办，是我们的光荣和骄傲。办好世博会，不仅体现为结果，也体现在过程。正如俞正声书记指出，最重要的是群众的参与、群众的热情，要把世博会的兴办扎扎实实和群众利益联系在一起，将世博会是什么、干什么，世博会的任务、理念，世博会与我们每个人的关系等，通过广泛的宣传动员深入人心，让大家都认识到上海世博会是世界的世博、国家的世博，也是我们大家的世博。

彰显文化追求，激扬文化力量，是文化讲坛的崇高使命。余秋雨先生作为解放日报报业集团的文化顾问，从一开始就指导和参与了文化讲坛的使命塑造。今天，他将以特有的文化思考，帮助我们从文化的角度，更好地了解、关注和参与上海世博会。

现在，让我们以热烈的掌声，欢迎余秋雨先生演讲。（全场

鼓掌）

（演讲结束后）

司仪（新闻晚报记者孔同）：非常感谢余秋雨教授！余教授在今天的演讲中提出了国际、创新、责任等关于世博会的文化构想，接下来我们把时间交给各位听众，如果您有什么问题想跟余秋雨教授进行交流，请举手。

住在人类城市精华的边上，我们会感到很幸福

解放日报记者陈汶鑫：余教授您好，解放日报报业集团在去年启动了大型跨国采访"世博-友城行动"，派记者前往法国巴黎、德国汉堡、荷兰鹿特丹等城市采访，在推介上海世博会的同时，向这些城市汲取"办博"经验。我有幸前往法国巴黎采访，这是一个曾7次举办世博会的城市。今天成为巴黎城市符号乃至世界文化符号的埃菲尔铁塔，就是1889年巴黎世博会留给人们的文化遗产，站在塔上可以眺望到的夏洛特宫，它又是1937年巴黎世博会的产物，现在正以人类文明博物馆和剧院的身份服务于市民和游客。请问余教授，您觉得在当今的时代，上海世博会是否也需要留下类似于埃菲尔铁塔这样的文化符号？如果需要，怎样才能给世人留下如此持久的文化遗产？

余秋雨：文化符号总会留下，但是由于时代的变迁，世博会也会发生很大的变化。如果我们现在还去模仿式地建造像埃菲尔铁塔这样的建筑作为文化符号，那么在智力水平上就低了一层。

就像北京奥运会给人们留下了那么漂亮的鸟巢、水立方，成为人们日后的旅游景点，我想，这次上海世博会中的"最佳城市实践区"也许会成为超过埃菲尔铁塔的标志性旅游热点。

大家知道，"最佳城市实践区"是被国际展览局的专家认可的、世界各国极精彩的城市建筑的汇集，很多是以一比一的比

例在实践区建造。在那儿，你会看到人类有关城市的最精彩的浓缩。这与参观埃菲尔铁塔的心态不一样，人们去参观埃菲尔铁塔并不是因为它的高，现在比它高的建筑很多，而是因为它有名。再来看上海世博会将会留下的实践区，很多是由

建筑家本人亲自指导，把世界上一些最有名的、最精彩的建筑重新呈现出来，把全世界各地的建筑智慧和文化智慧集中在这里，那会非常精彩。所以我对这个"最佳城市实践区"充满着期待，而且我相信，上海市民能够住在这个实践区边上，就是住在人类城市精华的边上，我们都会感到很幸福。今后全世界来参观这个实践区的人会很多，因为有时候某一种高浓度而且最高水平的集中，会成为人们必须到一到的理由。（全场鼓掌）

一座城市会选择文明，会确认什么动作是美丽的，会有选择地保持下去

支部生活记者鲍伊琳：余教授，您的演讲勾勒了世博的文化集成，而我想请教您一个体现老百姓思考的问题。俞正声书记说过，要把 2010 上海世博会办成"世界文明的盛会、我们大家的世博"。余教授您是怎么理解"大家的世博"这个概念的？老百姓对"我们大家的世博"，往往从身边的人居环境、生活细节去思考，比如老百姓希望随着世博会的召开，上海市民的生活质量会有所改变，具体到医院不会再像菜市场那样拥挤，路牌更加整齐有序，踩在人行道上不用再担心一不小心就会溅起

水花来等等。老百姓从这样的视角提出问题,您认为这对办好世博会具有怎样的意义?

余秋雨: 这个问题很重要。我们在筹备世博会的过程中,上海整个城市的生态已经发生了变化。我们造了那么多地铁,而在建造地铁的过程中已经让人们有很强烈的期待——我们将会有什么样的城市? 我们把原本生态并不好的区域拆除,让老百姓迁到世博新村,搬迁后的空地用来举办世博会。这牵涉到非常多的人,上海因此减少了一个居住水平比较低的社区,将会增加一个世界级的社区,城市生态就被改变了。一个不好的社区对于整座城市就是一种污染,而一个好的社区对整个城市就是一种提升。如果有一个隐形的城市生活指数坐标,上海的这个指数已经提高了好几个单位。

其次,每一座城市都在等待着一件大好事的洗礼。世博会正是这样一件大喜事,老百姓有希望因此改变自己的居住环境,为这件喜事忙碌的过程是享受的过程。在世博会举行期间,上海市民一定会觉得自己是世界上最幸福的市民,这种精神上喜悦感的确认对个体来说非常重要。"人类学之父"泰勒写过一本《艺术哲学》,他说,突然的喜悦感和重要感能改变人们的生命质量。在美国有一个调查,一个小女孩,全班同学都说她漂亮,说了三个月,她真的变得漂亮了。(全场笑)大家觉得这有点不可思议吧? 让一座城市生活在一种喜悦感的确认当中,而且在充满兴趣的众目睽睽下,城市的素质就会大大提升。上海和上海市民会在世博会举办的那段时间里,在他人眼光的滋养下茁壮成长。

最后是保持。我们会保持深深的喜悦,会保持我们重要感的确认。我在奥运会期间去北京,觉得北京漂亮了很多。北京也没有造太多新建筑,我也不是天天看得到鸟巢,但是我为什么感到北京变漂亮了? 非常重要的一点是,按照国际规范、奥运会规则,在举办城市里不能出现很多标语,整个城市就清爽了不少。奥运会期间是这样,我估计这个好现象能保留下来,因为一座城市会选择文明,会确认什么动作是美丽的,什么动作是不可以的,会有选择地保持下去。我也非常希望通过世博会,上海的文明进步能够非常好地保留下来。

如果一座城市的生态能够有好的变化,老百姓的人际交往、眼光能够发生好的变化,这种整体的人文意义上的生态改良,会让老百姓感觉到满意。但这种生态改良不是从上面下命令,而是由市民自己完成。媒体要腾出足够的空间让市民

提出优化上海生态环境的建议,让他们的良好建议能够变成众人为之喝彩的公共行为。这样,上海的生态就会往上走,而不要仅仅是世博会来了,居委会组织老太太载歌载舞。当然,舞还是可以跳的。(全场笑,鼓掌)

每个人的高贵、自信、欢乐就是中国元素的最佳体现

解放日报报业集团新媒体部刘宇耘: 余教授,您认为通过世博会体现出来的中国元素和奥运会中体现出来的会有什么区别,应该有些什么区别?

余秋雨:"中国元素"这四个字非常大,所以不知道从何说起。我还是这个想法,不要过多地担忧中国元素,理由是我们现在活着的每个人都是中国元素的当代的生命载体,我们每个人的高贵、自信、欢乐就是中国元素的最佳体现。当我们走在

外国的时候会觉得祖国在我身上，其实，中国元素正体现在每个人身上。

我前面讲到北京奥运会的志愿者队伍，他们后来成了"第一中国元素"，在国际上，对志愿者这一中国元素的评价非常高。可能那些志愿者讲的是外语，不是中文，但他们却成了中国元素的体现者。可见，过去、图像、语言，这些元素不是非常重要，真正的中国元素是生命，是群体生命，我们活得快乐，我们活得健康，我们过得善良，这才是最好的中国元素。

前不久，我和台湾的南方朔先生有过一次电视对话，我说这些年来最让全世界华人扬眉吐气的一件事恰恰是一件让我们掉眼泪的事，那就是汶川大地震。在这次抗震救灾中，中国元素表现得高贵，表现得慈善。这种中国元素表现了人类学上的最高原则，改变了很多外国人对中国人的看法。所以不要单单去寻找两个字或者一个图形去诠释中国元素。

我曾经非常担心最后点起北京奥运会主火炬的不是一个人，而是一条龙或者一只凤凰。在座的朋友们可能都会同意我这个观点：一个活生生的、有名有姓的中国人去点燃圣火，是最好的中国元素，而不是龙或者凤。这几年我们的文化思维有点错乱，总是去图腾化。（全场笑）活生生的人，才是中国元素的第一项。

其次，中国元素应当是感动人的元素，而不是震撼人的元素。感动是最重要的。这一点在残奥会的开闭幕式上体现得比较成功。震撼也重要，但中国目前的发展已经够让人家震撼的了。

我们总担忧现在很多年轻人热衷学英语，文言文不太懂，中国元素有点失落，我也经常被问到这样的问题。我必须非常负责地告诉大家，在我出生的时候，整个村子里只有我妈妈一个人识字，其余的人都是文盲。杨振宁先生有一次演讲时也说到，他小时候的中国文化就是 99％的人是文盲。所以现在设想的古代中国人都会用文言文，这完全是幻觉。我们现在总是觉得外文学多了，古文都丢失了，其实现在恰恰是中国文化普及得最好的时候，世界上有那么多"孔子学院"在教中文，到处都在讲中国文化。

所以，第一，我不认为这是一个问题。第二，在上海世博会上展示中国时，不要出现已经被别人用过的中国符号，被别人用过的中国符号一旦再出现，在艺术上就是败笔。

前一阵我出了一本书叫《寻觅中华》，是彻底地用中国文化的方式写中国文化史。写完之后我发觉，中国元素已经渗透在我们血液当中了，不必再过分张扬。（全场鼓掌）

艺术范畴不可能有硬伤，只存在高雅和庸俗的区别

新闻晚报记者谢正宜：我们知道，每逢盛会，必然需要一个总体文化创意，而这样一个文化创意，如果天马行空的话，很容易导致硬伤，惹来许多文化争议，但一旦循规蹈矩力求避免硬伤，又很有可能无法实现让人眼前一亮的新意，您认为，这当中该如何取舍？盛大活动中的文化争议，究竟是否值得提倡？

余秋雨：我们的文化争议的水平太低，所以应该避免，这是我的结论。你刚刚讲到的硬伤正是我们文化争议当中的一个巨大的障碍。硬伤有两个方面，一个是在历史方面，一个是有关艺术领域的创意和构思。

在历史方面，书上记载的很多事情是需要经过严格的考证才能够证实的，不是说书上写的东西都是对的。因为古代旅行的条件极差，考察的条件极差，通信的条件极差，这样，我们在书上看到的学者，几乎都没有走过多少路，没有科学思维，对世界不太了解，也没有多少朋友。我们对这些学者写下的东西如果都要去遵守，那就容易出现偏差。另外，历史的记载整体上

还有很大的迷雾，因为我们很多史学家关心的是朝廷斗争，他们对真正重要的经济数字很不了解，对真正重要的民间生活很不了解。我们对历史要抱一个非常高层次的态度，不要做历史的仆从，用书上的东西来指责现在的思考者，那太可笑了。所以，对过去的历史我们要崇敬，而对现在已经变成文本的历史，我们不要那么信任。

而有关艺术领域的创意、构思，就更不可能存在硬伤了。世博会的会徽，世博会的一个标记，都属于艺术范畴。艺术范畴其实不可能存在硬伤，它只有存在想象力不够的毛病，只存在平庸的问题，怎么可能会有硬伤呢？艺术领域就是一个自由想象的天地，只要自由想象以人性作为核心就可以了。

7年前，在由哈佛大学亨廷顿教授主持的一次文化研讨会上，有很多人发言讲到文化和社会发展的关系问题。其中有两位南美洲学者的发言引起了大家的高度重视。他们来自不发达地区，在寻找地区落后的原因是什么。后来他们得出的结论是，所在地区的不发达是因为文化造成的，他们说，我们这里文化人不多，而那些文化人整天在报纸上发表评论，制造争论，就影响了主流思维。这让我想到，幸好我们尊敬的邓小平先生当年说了"不争论"三个字，使我们快速地走了很多年，如果争论的话，也许我们的报纸还在重复他们的这个悲剧。

我想，现在的文化很可能和以前不一样了，快速的创意、短暂的呈现、快速的传播，有可能成为文化的主干道。所以，那种

争论不要进行，如果进行下去的话，有可能长时间拖累我们的思维。（全场鼓掌）

如果能在环保、创新、融合上呈现出独特魅力，上海今后的城市文化将会无与伦比

新闻晨报记者彭骥："城市，让生活更美好"是上海世博会的主题。这一主题对于经过世博洗礼后的上海，在文化地位、文化思维、文化影响力方面将会带来一种怎样的更美好？

余秋雨：首先，上海将会在环保上作出让全世界瞩目的成绩。环保已经成为世博会不可改变的主航道，而且环保也成为了文化。大家不要以为文化就是诗歌、小说、古典文学、演出，那就搞错了。现在，在世界领域里对环境、自然的重新确认，这就是

文化。如果上海世博会能说明未来的城市对环境的责任，那就是一种很好的文化表达。

同时，在创意产业上，上海也会通过世博会迈出新步伐。在这个方面，上海拥有更有利的条件，她海纳百川，受到旧传统的束缚比较少，上海的江南造船厂在洋务运动时的创新意义在中国也是领先的。所以我觉得，创新将会成为上海的第二文化。

在如何融合传统的文化与新兴的吴文化上，海派文化过去就作出过努力，海派的特征就是把传统文化与当代文化结合得比较巧妙。我相信在传统和现代的组合、融合上，上海又会出

现新亮点，会有新贡献。如果能在这些方面呈现出自己的独特魅力，上海今后的城市文化将会无与伦比。（全场鼓掌）

（原载《解放日报》2008 年 10 月 17 日第 17 版 尹欣、吕林荫、张航、林颖、陈俊珺　整理　张春海　摄影）

第十八届文化讲坛暨第十届中国上海
国际艺术节芭蕾大师专场:

永恒的足尖魅力

乌里奇·罗姆　第十届上海国际艺术节"经典芭蕾之夜"
演出的特邀艺术总监。1933 年生于德国埃森，师从库尔
特·约斯，曾任比利时瓦隆皇家芭蕾舞团首席舞蹈家和多
个芭蕾舞团独舞演员。1991 年，他因在德国庆祝勋位制
度设立 20 周年芭蕾集锦中的出色表演，被联邦德国总统
授予友谊十字勋章。他对 1975 年德国舞蹈教育协会的建
立起了主导作用，并一直担任该组织主席。

演讲篇

以芭蕾影响城市文脉

乌里奇・罗姆

主持人包含（上海戏剧学院戏文系教师）：城市，让生活更美好。有人说，一座拥有丰厚文化底蕴的城市，为芭蕾艺术的生存提供了必要的土壤，而一座拥有芭蕾的城市，则拥有了一份曼妙的梦想和崇高的希望。首先，让我们有请尊敬的乌里奇・罗姆先生发言。（全场鼓掌）

各位来宾，大家好！对于一个城市的身份认同来说，芭蕾承担着怎样的角色，今天，我将与大家分享我在这个问题上的观点。

请不要太过吃惊，因为我首先会讲到一千年前的事情。可以说,舞蹈是人类历史上最早诞生的艺术形式之一,从石器时代就开始有舞蹈的存在。因此,我认为舞蹈从人类历史一开始就成为了人类很重要的一种表达形式。那时候的舞蹈算不算艺术? 我不是很清楚,但它已经形成了舞蹈艺术的雏形。而且我相信,早期的舞蹈已经对各个部落社会产生了很深刻的影响,尤其是在文化身份认同方面,已经扮演了很重要的角色。

我们已经发现了越来越多存在于过去几千年中的舞蹈艺术形式,尤其是在希腊和罗马文化鼎盛的时候更是如此。

1518 年时,在德国斯特拉斯堡出现了死亡舞蹈的诡异历史事件,即使到现在这仍是舞蹈界的一大谜题。可以说,舞蹈对于五百年前的德国斯特拉斯堡来说,已经是身份认同或者存在的基石了。

舞蹈除了作为舞蹈之外,在欧洲正越来越受到大家的欢迎。它不仅仅是艺术,更是一种娱乐方式,尤其是在路易十四世时期的法国宫廷中。路易十四本身也是一个舞者,甚至曾在舞剧中扮演男主角。

随后,芭蕾艺术随着舞蹈家的迁徙传到了圣彼得堡,圣彼得堡也成为了芭蕾的故乡。在芭蕾艺术方面,圣彼得堡的影响至今存在。在过去的几个世纪中,芭蕾对圣彼得堡人的文化认同来说,也承担着非常重要的角色。在上世纪初,芭蕾史上赫赫有名的组织家加吉列夫在摩纳哥一手创建了蒙特卡罗芭蕾舞团,它的影响力至今不减。摩纳哥王妃格蕾斯·凯利一直很关注蒙特卡罗芭蕾舞团,生前一直致力于巩固摩纳哥作为世界芭蕾研究基地和支持蒙特卡罗芭蕾舞团对于芭蕾前沿的探索。在她离世后,她的女儿摩纳哥公主卡罗琳遵从母亲遗命,亲自担任该团团长,舞团进入了现代芭蕾舞表演的强盛时期,舞蹈对摩纳哥的影响得到了前所未有的彰显。很高兴,这个芭蕾舞团明天将在上海进行表演。

　　舞蹈的影响力也同样从法国蔓延到德国，进入了斯图加特。随之而来的是，在这个城市里成立了全世界第一批芭蕾舞团之一的斯图加特芭蕾舞团。如果没有这个芭蕾舞团，斯图加特将不可能成为今天的斯图加特。

　　今天能够来参加第十届上海国际艺术节，到解放日报报业集团文化讲坛来演讲，我非常高兴。如果没有芭蕾这门舞蹈艺术的存在，就没有我们今天的相聚，也无法想象会有今天这样一个文化欧洲的存在。据我所知，很多柏林、汉堡的艺术家都认为芭蕾对他们所在城市的城市文化的影响是至关重要的。

　　再来看一下位于欧洲南部的意大利，米兰也开始发展芭蕾舞艺术，建立芭蕾舞团，这对米兰这个城市的文化身份认同来说，也起着非常重要的作用。

　　芭蕾舞艺术对于位于欧洲北部的丹麦也有着很重要的影响。前不久在上海的东方艺术中心，我们有幸观赏到来自丹麦首都哥本哈根的丹麦皇家芭蕾舞团的一场表演。10年前，丹麦皇家芭蕾舞团曾办过一场成立250周年的庆祝表演，在至今超过260周年的历史中，舞蹈对于哥本哈根以及丹麦整个国家的影响都是非常显著的。

　　在过去的几个世纪里，舞蹈对于英国伦敦也有着重要影响，芭蕾对于伦敦的文化影响力超过了歌剧之于伦敦。可见，芭蕾对全世界许多城市文化发展的影响都不容忽视。

　　最后我想问的是，到底有多少芭蕾舞蹈艺术家会来到上海？在过去的10年当中，无数的艺术家来到了这里，使得芭蕾艺术同样影响着上海的城市文化脉络，丰富着上海的城市文化内涵。相信在未来，芭蕾对于上海这座城市文化的影响会越来越大，究竟会有多大，这是我留给大家的问题。谢谢！（全场鼓掌）

荷兰国家芭蕾舞团 在上世纪50年代前几乎没有什么芭蕾传统可言的风车之国荷兰,其现代芭蕾却后来居上。二战后,荷兰的芭蕾得到真正的发展。1961年,阿姆斯特丹芭蕾舞团与尼德兰芭蕾舞团在首都阿姆斯特丹合并成立了荷兰国家芭蕾舞团,这个国际性剧团对当代荷兰舞蹈艺术风格的形成和发展作出了重要贡献。

特德·布兰德森 生于荷兰科滕赫夫,1981年加入荷兰国家芭蕾舞团,后放弃芭蕾舞者身份而专注于编舞职业。他在1998年出任西澳大利亚芭蕾舞团艺术总监,才华日益显现,2002年重返荷兰国家芭蕾舞团,就任助理总监和驻团编舞。2003~2004年演出季伊始,他接任该团艺术总监。去年,他的新编《卡门》取得巨大成功,今年,他的新版《葛蓓莉亚》也得以首演。

对话即是道路

特德·布兰德森

主持人：如今，人们会经常用到一个词，叫"打破障碍"，以此来形容文化的普及与推广。我们来自不同的国家，讲不同的语言，拥有截然不同的文化背景、民族记忆，但是在艺术的疆域，我们却可以打破障碍，平等交流，共同建造一片和谐、宁静的乐土。下面有请特德·布兰德森先生为大家演讲。（全场鼓掌）

大家好！今天我要为大家讲的是"对话即是道路"，这个问题是我一直在思考的，就是如何使经典芭蕾与现代芭蕾互通。

即使在 200 年之前，或 150 年前，芭蕾已经成为了一种国际语言，很多国家通过芭蕾艺术进行交流。现在我来到中国，我看到那些芭蕾舞演员们的动作，就知道他们从哪里学到了些什么。作为一门国际语言，拥有通行的标准，但不同国家的表达方式是截然不同的，呈现的内容也各有特点，就像不同的芭蕾舞团会对舞蹈有不同的设计,会讲不同的故事,在传达抽象理念时所运用的方式也是不同的。

在另一方面,当代芭蕾也是一种非常个性化的语言,趋向于成为一种个体化的思想表达。可见,经典芭蕾与现代芭蕾之间,有着显著的区别。

经典芭蕾更为客观,在不同文化之间的交流也显得更容易些,经典芭蕾的语言更标准化,而现代芭蕾却如此强调个性和个体创造。有时候两者之间的差距看上去很大,但事实上却并非如此。

比如我所在的荷兰国家芭蕾舞团,历史并不长,没有丹麦皇家芭蕾舞团或者今天与会的很多芭蕾舞团那么长的历史。荷兰国家芭蕾舞团只有 48 年的历史。在我们的芭蕾舞团,现代芭蕾与经典芭蕾的舞者一同成长,常常会在一起跳舞,进行交流。事实上,大部分西方芭蕾舞团在两者之间都有很好的沟通。同样,从一些舞蹈的设计中,我们既可以看到现代的元素,也可以看到经典的元素,经典芭蕾的传承者与现代芭蕾的传承者会在一起合作。在过去的 10 年中,这种合作越来越密切,彼此之间的推动也显而易见。

在当今的互联网时代,越来越多的媒体工具可以帮助我们相互了解、相互交流、相互理解。我经常会上网看看其他芭蕾舞团近期在忙些什么,很多视频网站、论坛、聊天室,可以帮助我们看到在世界其他角落的同行们正在做些什么。所以,与数十年前相比,现在的沟通变得十分便捷、高效。我们不再只能靠到国外去,才能看到不同国家的舞蹈演出。

当然,亲临现场也很重要,因为像今天这样的面对面的交流仍是十分必要的。世界各地的艺术家可以聚集在一起,分享在芭蕾艺术之路上的不同体验、不同理念、不同思考。

许多交流已经在进行,而要进一步化解艺术之间的隔阂,就必须要进行更多的对话。当然,还有许多事情我们也应该去做,对于舞蹈领域的人来说,始终保持好奇心,秉承批判思维,怀着对艺术的热爱去创造,对舞蹈艺术始终心存敬畏,这些都很重要。谢谢!（全场鼓掌）

丹麦皇家芭蕾舞团　丹麦皇家芭蕾舞团是世界上最古老和享誉最久的芭蕾舞团之一，建于 1748 年的丹麦皇家剧院是其前身。"芭蕾之父"奥古斯特·布农维尔曾出任该团的芭蕾导师，执导 50 年之久，他以超凡的才华引领该团跻身世界一流芭蕾舞团行列。该团于 1786 年首演的《丘比特和芭蕾大师的怪念头》是公认的世界上最古老的芭蕾舞剧。

弗兰克·安德森　生于 1953 年，在皇家剧院芭蕾学院接受训练。1971 年成为丹麦皇家芭蕾舞团的舞蹈演员，1977 年被任命为首席舞蹈家，三度出任丹麦皇家芭蕾舞团的艺术总监。他是好几部布农维尔的芭蕾舞作品的演出总监，1990 年担任洛桑芭蕾舞比赛评委会主席，曾获"瑞典—丹麦文华奖"等多个奖项。

"丹麦特色"的启示

弗兰克·安德森

　　主持人：在安徒生童话的故乡孕育着一段源远流长的芭蕾历史。19世纪上半叶，丹麦芭蕾大师奥古斯特·布农维尔担任丹麦皇家剧院艺术总监，第一次将芭蕾与民间史诗以及富于异国情调的历史题材融合在一起，形成了丹麦芭蕾独有的风格体系与伟大传统。一百多年来，由他的学生悉心维护，世代传承，使这支古老的芭蕾舞团始终呈现生机与活力，接下来有请丹麦皇家芭蕾舞团艺术总监，与安徒生拥有相同姓氏的弗兰克·安德森先生演讲。（全场鼓掌）

　　你们好（用中文说）！（全场鼓掌）舞蹈是一门艺术，因为它是人类的一项事业，需要知识与能力；舞蹈是一门优美的艺术，因为它对完美的追求不仅仅停留在形象的塑造，也体现在许多层面。各种优点与缺点短暂而优美地交融，而舞蹈之所以美，很多时候就是基于它的稍纵即逝。舞蹈与音乐息息相关，它有诗般的美丽，又有着体操的技巧，这是一种完美而极其复杂的结合。这种美，必须通过刻苦而努力的训练来达成，当然，即使付出了很多，也只有极少数人才能练就这样的美丽。舞蹈的艺术价值正是在于如何把技巧、力量、柔软和艺术和谐地融为一体。

刚才我所说的那番开场白，并不是我发现的，而是丹麦芭蕾大师奥古斯特·布农维尔在19世纪50年代就曾写下的芭蕾信条，他曾任丹麦皇家芭蕾舞团导师长达半个世纪之久。我们这个芭蕾舞团是世界上最古老的芭蕾舞团之一，只有巴黎国家歌剧院芭蕾舞团和另一家芭蕾舞团历史比我们悠久。

丹麦皇家芭蕾舞团成立于1748年。如果要说芭蕾的"丹麦特色"，那就是古典芭蕾与民间舞蹈的相结合，这都要归功于布农维尔，是他奠定了丹麦芭蕾流派之基。在1879年布农维尔去世时，有人曾认为他所推崇的芭蕾理念会随他而去，可事实却是，他的风格在今天比在他在世时更出名，得到了更广泛的传播。我非常高兴能在这里看到有这么多听众，而我们舞团的芭蕾也多次在中国演出。

1805年，布农维尔生于丹麦哥本哈根，他与安徒生出生在同一年。布农维尔的父亲曾是一位芭蕾舞演员，他希望能够让儿子受到良好的教育，而不仅仅成为一部舞蹈机器，他希望布农维尔有能力迎接各种艺术形式所带来的挑战，这就是父亲为布农维尔设下的成长目标。

在父亲的教导下，布农维尔掌握了多种语言，包括瑞典语、丹麦语、法语等，之后他又学习了舞蹈和音乐，他拥有非常出色的声音，同时，他又是一个非常安静的人。1820年，他进入了丹麦皇家芭蕾舞团，当时只是一个学徒，而这一年正是安徒生留在皇家芭蕾舞团的最后一年。三年后，布农维尔真正开始了自己的舞者生涯。此后的一段时间，他去了巴黎学习，在巴黎歌剧院芭蕾舞团任舞蹈演员，直到 1830 年才回到丹麦。

1830 年，他与丹麦皇家芭蕾舞团签订了长期协议，成为舞团艺术总监。1834 年重新访问巴黎时，他与自己 14 岁的学生一同在巴黎歌剧院进行了演出，这是他最后一次在巴黎歌剧院演出。1836 年，布农维尔创作的《仙女》在哥本哈根首演，他作为一个舞者感动了整个哥本哈根，而在他之前，从未有舞者做到这一点。

作为一位艺术总监，布农维尔也认识到世界舞台对芭蕾的渴求，为此，他在任职期间创作了许多广为流传的剧目，希望借此使得芭蕾艺术能够在哥本哈根获得与其他艺术形式同等的认同。他一生创作了 50 多部芭蕾舞剧，这些创作植根于丹麦民族以及北欧的文化土壤之中，吸收了欧洲浪漫主义芭蕾的精髓，并广泛运用了丹麦民间舞蹈，形成了风格典雅、技巧精致的丹麦芭蕾流派。直到目前为止，这种特色依然保持着，并传播到很多地方。

可以说，布农维尔不仅仅是一位舞者，他还是一位组织者、创作者和师者，并最终成为了一位出色的外交家。通过芭蕾舞台，布农维尔甚至将许多世界著名作曲家的作品，介绍给了丹麦的观众。

布农维尔被历史记住了，受到了人们特别的尊重，也使得丹麦皇家芭蕾舞团为世界瞩目。虽然我们舞团拥有 200 多年的历史，但我们不仅仅是一个博物馆，在保护传统的同时，我们也在不断创新。在传统与现代之间找到平衡，正是布农维尔的理念，也是他所提倡的"丹麦特色"。他给我们今天的舞者提出了要求，这个平衡应当常做常新。谢谢（用中文说）！（全场鼓掌）

斯图加特芭蕾舞团　其历史可以追溯到17世纪初的符腾堡宫廷舞蹈,前任艺术总监约翰·克兰科将其影响力推向了世界。克兰科以慧眼识才著称,发现了像玛希娅·海蒂、比吉特·凯尔等芭蕾巨星。1973年克兰科在美国巡演归国途中不幸去世。从1986年引起轰动的美国之行以来,斯图加特芭蕾舞团经常风尘仆仆,巡演世界,此前它曾三度访华。

赖德·安德松　在舞者、老师、教练和制作人的角色转换之间,安德松成就了漫长辉煌的职业生涯。19岁时,他应邀加入斯图加特芭蕾舞团,任首席演员时成功塑造了不少角色。他先后担任过英国哥伦比亚芭蕾舞团、加拿大国家芭蕾舞团、斯图加特芭蕾舞团的艺术总监。2006年2月,他因对德国古典芭蕾发展的杰出贡献而获得德国舞蹈奖,同年他被著名的《欧洲舞蹈》杂志提名为"年度总监"。

我们的机遇与挑战

赖德·安德松

主持人：有人说，芭蕾正面临着严峻的生存危机，其实不仅仅是芭蕾，所有经典艺术如今都面临着同样的生存危机。然而令人振奋的是，有一支充满奇迹的芭蕾舞团，在这样的环境中始终保持着一定数量的观众群，并且大胆地为青年编舞开拓一方自由的舞台。这个由芭蕾大师约翰·克兰科创造的斯图加特芭蕾奇迹，从 20 世纪 60 年代开始一直延续至今。下面有请赖德·安德松先生为我们演讲！（全场鼓掌）

我这几天我感冒了，因此声音会有点哑，不过我想这听起来会显得更性感。（全场笑）

我在 30 年前就曾到中国表演过，当时"文革"刚刚结束，我是作为斯图加特芭蕾舞团的表演者来的。当时我对上海的印象非常深，那时候上海的大街上的建筑大都似乎只有两层高。30 年后当我再次来到这里时，我简直不敢相信自己的眼睛，这里已经变成了一个如此现代化的城市。

我生于加拿大,4岁就开始跳芭蕾舞。那个时候我要克服各种困难、各方面的阻挠来学习芭蕾舞,包括我的父母那时也反对我学舞蹈。当时,我们还没有像今天这么好的训练场,只是在一个破旧的练功房里练习舞蹈,每个星期去学一次。而且我还要自己找到经济来源支撑舞蹈学习。我去餐馆里打工挣钱来付我的学费。那时候我就是如此想跳舞。之后,我从加拿大去了伦敦皇家芭蕾舞学院学习。一年后我毕业了。那年是1969年,我19岁。之后,我这个一无所有的男孩来到了斯图加特芭蕾舞团。我在那里度过了十几年之后回到加拿大,在加拿大又度过10年后,我又回到了斯图加特。现在我担任斯图加特芭蕾舞团艺术总监已经13年了。我从加拿大到斯图加特,又回到加拿大,之后又回到斯图加特,整整绕了一圈。

我们的芭蕾舞团里有这样一个机制,我们有28位来自不同国家的演员,就像芭蕾的联合国。其中还有一位来自上海的演员,他是我们团里的首位中国演员。斯图加特芭蕾舞团的机制就是希望能够使大众对我们的芭蕾舞感兴趣。

我们有五个不同的好做法。第一,我们有像约翰·克兰科这样优秀的芭蕾演员和舞团领导者。第二,我们跳所有的经典剧目,如《天鹅湖》《睡美人》《胡桃夹子》。第三,我们拥有一批优秀的舞蹈大师,像埃贡·玛德森、里查德·克拉甘、伯克特·科利、苏珊娜·汉克和玛希娅·海蒂。第四,斯图加特是一个培养编舞大师的地方,汇集了一些著名的编舞家,如曾是斯图加特芭蕾舞团成员的约翰·努米埃尔、吉里·克里昂、威廉·富塞斯。第五,我们有崭新的芭蕾舞,使我们能够把这门经典的舞蹈艺术带入未来。我们有一个编舞小组,著名的编舞们汇聚在一起工作。我们现在有三位主要的编舞,还有两名新的编舞人员加入,我相信他们可以很好地促进创新。

　　如果说我们现在正面临挑战，那就是要明确我们未来的方向是什么。在加拿大时我们面对的挑战是来自财务方面的，我们要有足够的钱请来好的编舞。另一个挑战是，我们怎样通过外界的眼光看待这种艺术形式。在多伦多演出的时候，有些场次把最高难度的芭蕾表演安排在整场演出的中间段，这样即使有观众要赶在演出结束前就去停车场开车，他们也不会落下最精彩的演出。事实上，政治家对芭蕾舞团也是很关心的，他们希望我们能够成功，希望我们有新的作品。

　　我们的芭蕾舞要走向未来，就需要认清它的过去和现在。我们要把《天鹅湖》一直跳下去，不管是什么样的版本，现代的还是古典的，我认为这是我们的基础。我们要做这种古典芭蕾，我们同时也要做现代芭蕾。对于欧洲人来说，这也许是现代和古典的结合。我同时也强烈地认为芭蕾会保持它强大的生命力，就好像这是一种身体的语言，是跨越国界的，我认为这样的艺术形式永远都会有观众，对大众来说永远都会有人喜欢看《天鹅湖》。

　　有人说古典芭蕾现在正在逐渐灭亡，但是我不相信这一点，我相信会有更多的人看到更好的编舞，看到基于古典舞上新的编舞。谢谢！（全场鼓掌）

斯坦尼斯拉夫斯基芭蕾舞团　当今俄罗斯主要的芭蕾舞团之一，它立足于舞蹈技巧和戏剧表演的完美平衡，人才济济，师资完备，拥有广泛的保留剧目。自 20 世纪 50 年代起，斯坦尼斯拉夫斯基芭蕾舞团就已走向世界，足迹遍及欧洲、美洲、拉丁美洲，也曾多次到中国演出。

谢尔盖·费林　杰出的俄罗斯芭蕾舞演员，莫斯科大剧院芭蕾舞团首席、国际芭蕾舞明星。从 2008 年开始担任斯坦尼斯拉夫斯基芭蕾舞团的艺术总监。费林 1970 年出生在莫斯科，7 岁开始学习舞蹈，后被莫斯科舞蹈专科学校老师看中，进入该学校学习。1988 年加入莫斯科大剧院芭蕾舞团。2006 年因艺术上的杰出贡献获国立莫斯科大学颁发的学位。作为一位芭蕾舞演员，费林是古典浪漫主义舞蹈的楷模，他的表演融会了完美的技巧、高雅的风范和华贵的气质，代表了俄罗斯芭蕾的最高境界。

在中国跳舞的美妙时光

谢尔盖·费林

主持人：这几天我在网上查找各个艺术总监的资料，给我印象深刻的是在一个舞蹈论坛上写给谢尔盖先生整整一页的留言。我很感动，因为这里面有一种认真执著的态度，那是对艺术以及艺术家的尊重和认可。拥有这种精神的人，无论是作为舞者、编导或是艺术总监，都值得我们期待。下面有请谢尔盖·费林先生演讲！（全场鼓掌）

我是一个俄国人，我努力用英语来表达自己的感受。

我非常喜欢中国，也非常喜欢中国人民。我在中国跳过很多次舞。在北京、在上海，我都跳过舞，也结识了很多中国的舞者和中国的朋友。我在中国度过的都是非常美妙的时光。世界上很多舞者都希望来到中国，尤其是来到上海，我有好几位舞者朋友都来到过这里，在这里跳过《天鹅湖》，我们在这里过得非常愉快。这里的舞台、这里的城市，每次都给我们留下非常深刻的印象。

我希望在这次艺术节上，所有的舞者都能在这里获得好运，预祝所有舞者表演成功。谢谢！（全场鼓掌）

智利圣地亚哥芭蕾舞团 南美最佳、国际一流的芭蕾舞团。成立于 1959 年,创建人是舞蹈家奥克塔维奥·辛多莱希。圣地亚哥芭蕾舞团在国际上闻名,始于他们的首次大获成功的纽约之行,而现代剧目的大胆引进也使剧团在国际舞坛的空间日益开阔。

玛希娅·海蒂 智利圣地亚哥芭蕾舞团艺术总监。曾任斯图加特芭蕾舞团首席芭蕾舞女演员,是 20 世纪最著名的芭蕾舞女演员之一。60 多岁的海蒂保持她的明星地位长达 40 年,主演过《罗密欧与朱丽叶》和《奥涅金》等不少剧目。最近几年,她还不时回到斯图加特登台出演角色。

舞者的生命之源

玛希娅·海蒂

主持人: 21年前,根据小仲马同名小说改编而成的芭蕾舞剧《茶花女》首次登上银幕,片中担任首席舞者的分别是玛希娅·海蒂和伊凡·利斯卡。接下来让我们欢迎玛希娅·海蒂女士讲述芭蕾舞剧《茶花女》的故事,这是由德国汉堡芭蕾舞团前艺术总监约翰·纽米埃尔为她度身定制的作品。(全场鼓掌)

首先我要感谢主办方邀请我们来到这里,非常荣幸能够和大家见面。

如果要讲《茶花女》的话,我就要从头说起了,那就是关于创造了我这个舞蹈者的人,是他引领我走上芭蕾舞台,是他发现了我,发掘了我,并塑造了我的今天和事业,他就是约翰·克兰科。

46岁的时候,约翰·克兰科就英年早逝了。他去世时,并没有给舞蹈团留下什么他个人的东西，也就是说，我们几乎没有任何素材可以为他创造舞蹈，但是，我们却已经永远地失去了他。我还记得，他去世的那一天，我是那么的悲伤，那时我的想法是我永远都不要再跳舞了。

后来，又有一些舞蹈设计者找到了我，给了我新的艺术生命，但是他们都不可能取代约翰·克兰科。我觉得他真的很特别，凡是那个时候在他的舞蹈团工作过的人都知道，约翰·克兰科是一个多么特别的人。《茶花女》也是一个很特别的首演，那时候，整个斯图加特、整个舞蹈团都在期待着一部完整版的芭蕾舞剧《茶花女》。而正是那个首演给了舞蹈团一个新的开始，给了我们新的艺术生命。那个时候，斯图加特舞蹈团的舞蹈者都是为芭蕾而生、为芭蕾而存在的，而约翰·克兰科他所创造的新的东西，他创造的《茶花女》，也给斯图加特舞蹈团带来了全新的生命。

在《茶花女》当中，约翰·克兰科留下了很多他个人艺术创作的痕迹。一个好的舞蹈团必须要有好的舞蹈者，虽然舞蹈者是非常重要的，但是我们更加需要好的舞蹈设计者，因为好的舞蹈设计者能够赋予舞蹈团以生命，给舞蹈者指明方向。

我之所以能有非常精彩的生活和生命，之所以一辈子在跳舞，只有一个原因，那就正是因为编舞的人喜欢我，他们希望和我一起合作，他们愿意为我创造艺术。正是因为如此，我成为了一个舞者。有的评论家不一定喜欢我，但是很多编舞者喜欢我，这是很重要的，因为在舞蹈当中编舞者是很关键的，因此我建议在座的舞蹈者都要和编舞者一起合作，去创造属于你们自己的艺术生命。谢谢！（全场鼓掌）

德国巴伐利亚州慕尼黑国家芭蕾舞团　国际一流的芭蕾舞团，迄今已有50年的历史。该团由来自25个国家的技艺精湛的专业舞蹈演员组成，其保留剧目达到50余部。各种风格的芭蕾经典经过他们的精心打磨和诠释，无不熠熠生辉，呈现出全新的生命力。

伊凡·利斯卡　德国巴伐利亚州慕尼黑国家芭蕾舞团艺术总监。从1974年到1977年在巴伐利亚国家歌剧院芭蕾舞团（1989年起更名为国家芭蕾舞团）担任独舞。之后成为汉堡芭蕾舞团的首席演员，领衔主演了多部剧目，并着手编导工作。在担任巴伐利亚国家歌剧院总监期间，不仅增加了传统剧目改编版本的数量，还上演了不同风格的现代剧目。

跨国界的芭蕾艺术

伊凡·利斯卡

主持人：芭蕾是如此美妙，它因穿越时间和空间而不朽，它因冲破文化差异而找到共通。我们会永远记住那一个瞬间——当爱与感动凝聚为足尖上的永恒。接下来让我们欢迎伊凡·利斯卡先生演讲。（全场鼓掌）

大家下午好！刚才我的几位同行都讲得非常好，我不可能超越他们了。他们讲了很多关于艺术的东西，现在我想结合自己的经历，讲讲关于芭蕾国际化的问题。

我在捷克出生，在德国工作，在中国的首都北京也工作过，我会讲英文，所以我的经历、我的生活已经是跨国界的了，也就是我们现在所说的全球化。经济方面的全球化现在还没有完全实现，但是我们还有另外一种形式的全球化是多年以来一直存在的，那就是在艺术的世界里，我们一直都在亲历着全球化。

我就是一个很好的例子。我是舞者，也是一个艺术总监，我和来自意大利、法国、丹麦、英国、俄罗斯、美国、奥地利等国的艺术家,当然还有亚洲的一些艺术家一起合作。舞蹈的载体是编舞的人和舞者,他们可以把作品带到其他国家去,他们的那些技巧也是我们芭蕾艺术当中很重要、很有趣的一部分。

有一天,奥斯陆的一位芭蕾舞团艺术总监给我发了一个信息,说他们的芭蕾舞团要搞一个成立50周年的庆典。我跟他在网上谈,我说,祝贺你们成立50周年。你们的舞团很特别,但是不管你们历史有多长,永远都要有新的艺术生命不断涌现,就是要有新的舞蹈作品,任重而道远。所以,不管大家的历史有多长,不管是斯图加特芭蕾舞团,还是上海芭蕾舞团,或是巴黎芭蕾舞团的历史有多长,不管你的历史是悠久还是短暂,任何一个舞团都是任重道远,都要和新一代芭蕾舞从业者还有观众一起来创造新的艺术。

我跟你们说一个秘密吧,我们巴伐利亚州舞团60多位芭蕾舞者当中有3位是中国人。其实,我们有很多舞者都不是巴伐利亚人,这是我们的一个特殊情况。我们不受国界的影响,来自不同国家的人会在一个舞团里工作,包括舞者还有编舞的人。我们的这个舞团比较小,可以说是一个小小的"联合国"。这个小小的"联合国"就是一个很好的例子,说明我们可以创造出独特的全球化的文化身份认同。我的同事们来自很多不同的国家,而且我们的几位老板也是来自于不同的国家,所以我们是非常独特的,这就是我要传达的一个最重要的信息。

对于艺术总监来说,跨国界文化是一个很难的事情,因为要把这么多来自不同国家的文化融合在一个理念当中,这是一个不小的挑战。有时候,观众会认为已经很融合了,但是艺术总监往往还不是很满意,他们总是想更上一层楼。我们要做的就是让来自不同国家的人相信、认同一个方向,譬如说有2000位观众,我们要让观众看完两个小时的表演之后,让这些观众能够笑出来，哭出来，或是理解我们所传达的信息。

　　以上是我个人的观点，我也寄希望于在座各位年轻的舞者，因为上海芭蕾舞团将会更加国际化，像海蒂女士刚才也讲到了这一点，你们将会呈现出更加特别的芭蕾舞蹈。谢谢！（全场鼓掌）

芬兰国家芭蕾舞团 这个舞团的故事开始于 1922 年上演的《天鹅湖》，那时只有 24 名演员。然而，《天鹅湖》在第一个演出季就连演 54 场，成了芬兰观众最喜爱的剧目之一。舞团最初的几十年举步维艰，经常面临解散的危机，直到 20 世纪 50 年代才迎来转机并日渐兴旺。各国邀请纷至沓来，芭蕾在芬兰越来越受到广泛关注。上世纪 90 年代时，舞团曾有中国之行。

桑波·基韦莱 1963 年出生，1984～2007 年在芬兰国家芭蕾舞团上演的 20 位名家作品中，他大多担任主角和独舞角色。桑波·基韦莱曾在国家芭蕾舞团兼任排练指导，并且担任过芬兰国家歌剧院芭蕾舞学校的制作人。

芭蕾的公众价值

桑波·基韦莱

主持人：没有芭蕾的城市始终有一种缺憾，没有观众的芭蕾也不能成为完整的艺术。我们是否需要芭蕾，芭蕾是否需要我们？让我们有请桑波·基韦莱先生谈一谈芭蕾的公众价值。（全场鼓掌）

女士们，先生们，大家下午好！今天我的话题是公众价值与芭蕾之间的关系。讲到价值，这是一个非常重要的话题，我想所有有经验的艺术总监都会说这是很重要的。有价值，才会有工作的目标。如果没有目标就不可能跳舞，就不能进行导演，也不可能有一个舞团。当然，如果不把价值付诸实施，它也可能是空洞的话语。那么，芭蕾的公众价值是什么？我们向公众传达了价值了吗？公众的评价对我们又有多少意义？

一说到价值，人们就会想到质量以及专业的技能，这主要是关于怎样才能掌握技巧，怎样才能具有较好的职业精神，怎样才能具有比较好的道德准则等等。这些都是人为的规则，使芭蕾能够永恒，使它能够克服种种困难，把音乐和人体的运动结合起来。

舞团也要为它的价值而生。这意味着这些价值是大家看得见的，是所有人都能够了解的，它既符合国际标准，也是一种自我认可。当我们谈论价值的时候，很重要的一点是对话——舞团、舞者之间以及公众之间的对话。我觉得这是所有事的核心。我们的表演就是为了能够使观众从中获得快乐。然而，互相的欣赏应该建立在观众们进入剧场之前。

怎样才知道公众的评价呢？当然你可以通过售票、通过演出后相关的调查来了解。但是，我们怎样把芭蕾这门艺术推向未来呢？现在有很多家庭仍然保持着喜好芭蕾的传统，这对于舞团、对于演员来说是很重要的。所以，我们不能忽视公众的意见，他们来看我们的表演，我们就应该尊重他们的想法。因此我觉得持续的对话是非常必要的。我们要搞清楚公众有什么样的期待。而舞团在这个对话当中所需要的一点就是自信，比如尝试改变我们的传统编舞方式，怎样使传统与现代相结合，怎样进行创新，寻找新的表现方法将艺术推向未来。如果故步自封，就不可能有前进。这对于一个芭蕾舞团来说，相当于被宣判了死亡。所以，和公众进行对话是非常重要的。

价值同时也是来自于需求。每个人在看舞蹈的时候都有个人的需求，芭蕾应该能够为观众提供一个角度，以此来观察历史或者审视自己的生活。我们要用大家都能够接受的工具和语言表达出来，刚才的演讲者都提到了这一点。

我所代表的芬兰国家芭蕾舞团创立于 90 年前，在这之前芬兰的芭蕾舞没有太长的历史，与丹麦、俄罗斯的舞团相比，历史都没那么长，因此对公众来说，芬兰的芭蕾没有那么有名。所以我们这一代在不断学习芭蕾是什么，我们的公众也开始了解芭蕾是什么，而跳舞的人也在不断探寻芭蕾究竟是什么，这样的对话是相互的。可见，价值是大家一起讨论出来的。

作为芬兰唯一的一个国家剧团，我们的原则就是要服务全国的大众。所以我们必须不断给观众他们想看的东西，还要超越他们的期待，给他们展现一些他们想象不到的表演，而且我们所用的这种语言也不是用文字来表达的，但是它却能够使观众理解。非常感谢！（全场鼓掌）

摩纳哥蒙特卡罗芭蕾舞团　组建于 1958 年。是一支年轻的全球化团队，演员的平均年龄 23 岁。丰富多彩的剧目，技术上的精益求精，演员的孜孜不倦和勇于创新的精神，正是该舞团的魅力所在。对古典芭蕾精髓的忠实继承和独树一帜的创新精神，使其成为欧洲最优秀的芭蕾舞团之一。该团创作的新版《罗密欧与朱丽叶》是近年来国际舞坛经典作品改编成功的范例之一。

戴迪尔·蓝贝莱特　出生于瑞士，并在瑞士学习生活。曾担任摩纳哥蒙特卡罗芭蕾舞团的主要演员。他对舞蹈的理解是："舞蹈，应常跳常新。"

芭蕾与文化创意政策

戴迪尔·蓝贝莱特

主持人：舞蹈是人类最古老的生存记忆之一，当我们将芭蕾印刻在城市的文化和历史中时，即是一种对自我的回顾与展望。一座拥有艺术生命力的城市，意味着一段深远的文化历史沉淀。接下来让我们欢迎戴迪尔·蓝贝莱特先生演讲。（全场鼓掌）

女士们，先生们，大家好！

今天我想跟大家探讨的是艺术政策。这是一个非常大的题目，因为时间关系我无法谈得非常细致，只能介绍一下我们舞团在摩纳哥的一些情况。

摩纳哥有着各种不同流派的芭蕾，这对于舞团、摩纳哥以及政府都是有好处的。我们的政府一直很支持芭蕾舞团的发展。我们是一个国家剧团，有近 50 位舞者，演员们来自 20 多个不同的国家。在摩纳哥，我们每年只有 20 个剧目在国内演出，所以政府要求我们到国外去，让我们成为摩纳哥的文化大使，展现我们国家的魅力。

要谈到政策，就必然会谈到经费。我们认为，芭蕾是个非常好的网络，能够把人们联系起来。而政治家们同时也知道，如果没有财政支撑的话，我们就不可能完成任务，所以就给了我们一些相关的财政支出的政策。有了政策的支持，我相信我们的芭蕾事业会拥有一个美好的未来。

谢谢大家！（全场鼓掌）

上海芭蕾舞团 前身是民族芭蕾舞剧《白毛女》剧组。40多年来,《白毛女》不仅为上海芭蕾舞团的建立奠定了基础,还荣获中华民族 20 世纪舞蹈作品金像奖,并久演不衰。建团以来,上海芭蕾舞团的青年演员们在国际芭蕾舞大赛中荣获了 27 枚奖牌,并在国内比赛中取得了骄人的成绩。

辛丽丽 1973 年考入上海市舞蹈学校芭蕾舞科,1979 年毕业后进入上海芭蕾舞团任主要演员。她的舞蹈风格以纯净、高雅见长。先后获得第二届纽约国际芭蕾舞比赛女子组银奖、巴黎国际芭蕾舞比赛双人舞大奖、首届上海"十佳优秀青年演员"称号,2001 年 7 月任上海芭蕾舞团艺术总监至今。

芭蕾在中国

辛丽丽

主持人：在英国皇家芭蕾舞学院陈列着一尊中国舞蹈家的塑像，她就是尊敬的戴爱莲女士。20 世纪上半叶，芭蕾由西方传入中国，由此展开了一段传奇的发展历程。让我们有请辛丽丽女士发言。（全场鼓掌）

各位朋友，各位艺术家，下午好！今天首先要感谢主办方能够请到这么多艺术家，在上海芭蕾舞团排练厅这个非常有意义的地方举办文化讲坛。我想先为各位艺术家介绍一下，在座的除了上海芭蕾舞团的演员外还有媒体的朋友、大学的教师和学生，他们都是为芭蕾默默工作的人。

记得有一次，我和我们的老前辈在中央芭蕾舞团一起做讲座。有一位日本舞蹈评论家告诉我，中国芭蕾其实发源在上海。上世纪 20 年代，胡蓉蓉老师就是在上海一间很小的教室里开始学芭蕾的。上海观众对芭蕾特别厚爱，政府也特别支持，所以才有了今天你们看到的这间教室。

1979年我毕业于上海舞蹈学校，到现在一直没有离开过。作为一个学芭蕾的中国人，我知道中国芭蕾比起西方芭蕾的历史显得很短，其中历史长的有400多年，短的也有90年，我们从上世纪20年代算起也只有80年。刚刚在座的艺术家的演讲其实就是对芭蕾的一种继承和创新。从我这一代起，很重要的使命就是要继承古典芭蕾舞剧，并且探索中国的芭蕾该怎样发展。

其实中国人是非常有智慧的，从上世纪60年代上海舞蹈学校建立，第一批六年级学生就创排了自己的作品《白毛女》，上海芭蕾舞团把这个剧目看作自己的"看家宝贝"，继承到现在，芭蕾舞团任何年龄的主要演员都要学会跳《白毛女》，独舞、群舞都要学会跳《白毛女》中的《红缨枪》、《八路军》等等。我们继承了中国作品的同时也继承了很多古典作品，包括《天鹅湖》、《吉赛尔》、《罗密欧与朱丽叶》等。

接下来的命题就是我们怎么创新。改革开放30年，作为芭蕾舞团的艺术总监，这些年我一直在想，对中国这片土地来说，芭蕾是很年轻的，但是芭蕾的语汇是无国界的，让不同肤色的人走在一起。听了在座嘉宾的演讲我有很多感慨，不管他们的芭蕾舞团有多少年历史，400年也好，90年也好，大家都在很努力地探索怎么发展芭蕾。我们上海芭蕾舞团也一直以创新、以自己的代表作而生存，比如我们创排了《白毛女》，还把中国著名的剧作改编成芭蕾舞剧，比如《雷雨》、《鲁迅》等等。现在还创排了很多新剧，比如中央芭蕾舞团的《大红灯笼高高挂》、上海芭蕾舞团的《梁山伯与祝英台》，还有最近两年做的《花样年华》。

创新这个课题不是我这一代能做完的，我就像铺在路上的一块石头。芭蕾对在座的各位艺术家来说是自己的文化，对我们来说就要去创新、探索西方的芭蕾语汇怎样和中国的民族风俗、中国的人文和文明相结合。这其中就包括服饰，你们看我今天穿了中装，但在台上能跳舞吗？在排《梁山伯与祝英台》的时候，我看了英国皇家芭蕾舞团的《曼侬》，有一段大双人舞的服饰很好看，但我知道对芭蕾舞演员来说，穿得很多是没法跳双人舞的，无法把舞姿伸展出来。后来我就找了一位时装设计师帮我看他们的服装是哪个年代的，他看了说这是他们的内衣。我想我们的内衣是什么呢？我们的内衣是肚兜，我说，完了，穿肚兜怎么上台跳呢？（全场笑）所以在创新的过程中会碰到很多困难。

此外，我们的地域文化不一样，表达喜怒哀乐的方式也不一样。我们东方人的伤心可能是往里的、内敛的，情感的抒发跟西方人是不一样的，所以舞蹈语汇又要结合自己的地域文化。芭蕾在中国还很年轻，很多人不是特别了解。有人问我，为什么《梁山伯与祝英台》里有很多动作是往下坠的，我就说因为我们中国人的伤心是往"下"走的。

芭蕾在中国的历史很短，但咱们的文化很深厚，比如戏曲、音乐。所以我们在芭蕾里面运用了扇、手绢、水袖等中国道具。我们还可以穿着旗袍跳芭蕾，我们这次编的《花样年华》就运用了旗袍。大家知道旗袍的开衩是比较高的，演员把腿抬高后形象就不太好看了。我们就和法国专家一起研究，给旗袍开一个衩，但编舞的时候就特别难了，到底是开衩的那边做主力腿还是不开衩的那边做主力腿。所以，对中国芭蕾舞剧来说除了要探索故事合适不合适，音乐合适不合适，还要对服装、感情的表达进行探索与创新，这个课题真的很难，但是我相信，在我这一代完不成，在我们的下几代一定会完成。

另外，人才对中国芭蕾来说特别珍贵，因为我们的芭蕾人才很少。刚才有位嘉宾说，他们的团是"联合国"，而上海芭蕾舞团里全是中国人。如果说跳《天鹅湖》、《吉塞尔》这些古典芭蕾的时候可以把外国明星请到中国来,因为故事里的主角本来就是高鼻子的西方人,那跳《白毛女》、《梁山伯与祝英台》,跳鲁迅的作品怎么办呢?排《花样年华》的时候,有一位外国导演看中我们的演员,要把他"挖走"。我当时非常气愤,我说,对你来说你可以全世界去找演员,但是对上海芭蕾舞团来说只有一个中国。我们的人才都只来自于北京舞蹈学院、广州芭蕾舞团附属舞蹈学校、上海芭蕾舞团、上海戏剧学院附属中专大专。因为人才特别稀有,所以我们更要注重人才的培养。而且上海外来的文化又特别多,有点像巴黎,是一个不夜城,但跳芭蕾舞的人是很清苦的,跳芭蕾舞只有每天出汗,每天擦地,只有在台下觉得自己苦得都望不到头了,在台上才能给观众带来甜,带来美好的表演。

20多岁的时候看海蒂老师跳舞,我睁大眼睛说,怎么有这么好看的芭蕾舞。海蒂老师刚才提到作品的创作,讲到编舞。我想,无论是创作、导演,还是管理和市场对一个芭蕾舞团来说都是很重要的。我们坚信,不管碰到什么困难,我们都因为芭蕾舞的存在而存在。谢谢!(全场鼓掌)

(原载《解放日报》2008 年 10 月 24 日第 19 版)

点评

国际芭蕾舞界的风云际会

上海国际艺术节总裁　陈圣来

　　今天，来自世界各国著名的十大芭蕾舞团来到上海，这是国际芭蕾舞界的风云际会，上海舞坛从未有过如此豪华的集体亮相。在演出前夕，世界级的芭蕾大师为我们做了这样一次难得的演讲。

　　解放日报报业集团的文化讲坛是一个知名品牌，上海国际艺术节的大师论坛也是一个知名品牌，今天这两大品牌共同来关注芭蕾，研讨芭蕾与城市文化的相生相息，而且吸引了世界这么多国家的芭蕾大师在此同台共论，我相信这无论是对芭蕾舞界还是对上海文化艺术界，都会有历史价值与纪念意义。上海要建设文化大都市，成为国际文化交流中心，就要在主流文化与经典文化上广采博纳。芭蕾这种以美丽肢体语言来阐述人类情感与生活故事的舞台艺术，无疑与上海的浪漫情调十分契合。我们今天共同举办的文化讲坛暨芭蕾大师专场，就是要搭建一个高端平台，形成一种文化氛围，发挥聚合发散作用和引领示范作用。

　　一个成功的艺术节，无疑是城市的一张名片，是一笔无形资产，是城市核心竞争力的一种文化元素。而观众是艺术节的主要参与群体，所以我们要力求保证演出节目的"高""新"品质，"高"即是节目的高雅、高尚、高贵，吸纳名家、名团、名作、名流等世界级的艺术家与团体来演出。"新"就是追踪国际新潮，展示中外艺术最新的创作成果。这样做，正是为了不断提升品牌，使中国上海国际艺术节逐步成为我国对外文化交流的标志性品牌与世界著名艺术节。所以，我代表举办单位再一次感谢各位芭蕾大师的光临与演讲！

　　谢谢大家！

（原载《解放日报》2008 年 10 月 24 日第 19 版）

侧记

足尖魅力的文化演绎

创办于 2005 年的解放日报报业集团文化讲坛，昨天首度与上海大型国际文化盛事携手合作。

在上海芭蕾舞团排练厅，来自八个国家顶级芭蕾舞团的十位艺术大师风云际会，豪华亮相——解放日报报业集团第十八届文化讲坛暨第十届中国上海国际艺术节芭蕾大师专场，赢得掌声阵阵。

大师们的演讲，阐述着芭蕾的艺术生命与文化力量。聆听这样的讲述，如同感受那一次次爱与感动、美与活力凝聚为足尖上的永恒。它穿越了时空而显得不朽，冲破了文化差异而抵达共通，当我们把芭蕾投置于城市的光阴里考量，这是一种生命的表达方式，也是一段文化的深远沉淀。

高雅与大众：和观众一起创造艺术

"芭蕾，与音乐亲密相伴，既有诗般的美丽，又有体操般的技巧，这是一种完美的结合。"丹麦皇家芭蕾舞团艺术总监弗兰克·安德森如此形容他所钟爱的芭蕾艺术。芭蕾是一场艺术的盛宴。然而，高雅文化必须面对大众，如何处理两者之间的关系，这是全球芭蕾艺术大师共同面临与思考的问题。

"芭蕾是和观众一起创造的艺术"，十位芭蕾大师的观点惊人地一致。芬兰国家芭蕾舞团艺术总监桑波·基韦莱说："舞团和舞者之间以及公众之间的互动，我觉得这是所有事情的核心。我们的表演就是为了能够使其他人从中获得快乐，所以一定要让他们能够欣赏，甚至在他们进入剧场之前就能够获得快乐。"因此，智利圣地亚哥芭蕾舞团艺术总监玛希娅·海蒂和德国巴伐利亚州慕尼黑国家芭蕾舞团艺术总监伊凡·利斯卡都认为，艺术家的职责在于为观众提供一个观察历史、观察生活的文化角度："譬如说剧场里面有 2000 名观众，我们要让观众看完两个小时的表演之后，可以笑可以哭，或是理解我们传达的信息。"

摩纳哥蒙特卡罗芭蕾舞团艺术总监戴迪尔·蓝贝莱特把芭蕾比喻为网络："一个非常好的网络，能够把人们联系起来。"而芬兰国家芭蕾舞团艺术总监桑波·基韦莱则更倾向于用对话来增强芭蕾的艺术魅力。"我们不能忽视公众的意见，他们来看我们的表演，我们就应该尊重他们的想法。我觉得持续的对话是非常必要的，我们要搞清楚公众有什么样的期待，而舞者在这个对话当中所需要的重要一点就是自信。"他认为,舞蹈可以看作是艺术家和公众的一次次讨论,在这个过程中,观众开始发现芭蕾是什么,而舞者也在不断地探寻芭蕾究竟是什么。

而在德国斯图加特芭蕾舞团,"使大众对我们的芭蕾感兴趣"已经成为全团的目标。该团艺术总监赖德·安德松介绍,为了达到吸引更多观众的目的,斯图加特舞蹈团在聘请演员、排演经典剧目、编舞创新等方面都费了大力气。"我的感觉是,这样的艺术形式永远都会有观众,永远都会有人去看《天鹅湖》。有人说古典芭蕾现在正在逐渐灭亡,但我不相信这一点。"

继承与创新:不同国家与时代,芭蕾有不同言说方式

有时,芭蕾就是语言本身。正如荷兰国家芭蕾舞团艺术总监特德·布兰德森所阐述的:"200年之前,芭蕾已经是国际语言,很多国家通过芭蕾来进行交流。现在我来到中国,我看到这些芭蕾舞蹈,看到他们跳舞,我就知道他们在做些什么,想表达些什么。"同时,如同语言有进化、有变异一样,尽管芭蕾是一个国际语言,但在不同的国家、不同的时代,其言说方式是不一样的。"另一方面,我们看到当代的芭蕾是一种不同的语言,是非常个体化的,表达非常个体性的语言和想法。"

芭蕾因着时代有着不同的言说方式,那么今天的舞者又该怎样处理传统和现代之间的关系?丹麦皇家芭蕾舞团艺术总监弗兰克·安德森在《"丹麦特色"的启示》的讲演中,以19世纪丹麦皇家芭蕾舞团导师布农维尔的例子来解答,"他的创作根植于丹麦民族以及北美地区的文化土壤中,又吸收了欧洲浪漫主义的精髓,融入了北欧戏剧中的哑剧表演和舞台设计等因素,创立了风格典雅、技巧精致的丹麦学派。但同时,布农维尔

又是保护传统的大师，他能够在传统和现代之间达到一个平衡。"

谈到继承与创新，上海芭蕾舞团艺术总监辛丽丽十分感慨："从我们这一代芭蕾演员起，就有一个很重要的使命，就是要继承古典芭蕾，探索中国芭蕾。"上世纪60年代，上海舞蹈学校刚建校，六年级的学生们就创排了自己的作品《白毛女》。如今，《白毛女》已经成为上芭的"看家宝贝"。也正是由于一代代人的创新，才使得一个个昔日的新剧成为了今天的经典，芭蕾艺术得以常新。

创新的过程，让辛丽丽和她的同事们觉得"苦"："怎么让西方的芭蕾语汇结合中国风俗，符合东方人的审美、心理特征，甚至连服饰都要创新，要考虑的太多了。"而创新的结果，则常常让艺术家们品尝到"甜"——巴伐利亚州慕尼黑国家芭蕾舞团艺术总监伊凡·利斯卡说重排经典名剧《吉赛尔》让他非常惊奇："我竟然能在这个过程中看到那么多新的东西，所以我们有了对经典新的诠释，我们能够看得更深，找到这个剧的精神。"

在本届文化讲坛上，智利圣地亚哥芭蕾舞团艺术总监玛希娅·海蒂更是大声呼吁："只有一个方法能帮助创新，那就是给他们机会，他们想做什么就让他们去做。如果你给了他这样的机会，有的时候可能会做得更好，有的时候是一般，但是重要的是给他们这样一个机会，有些人想做一些新的东西就得让他们做，这就是对创新最大的支持。"

舞蹈与人生：因为芭蕾存在，所以我们存在

十位芭蕾殿堂里的大师，每个人都有着不同凡响的艺术历练，他们在人生中艺术，也在艺术中人生。

在昨天的文化讲坛上，斯图加特芭蕾舞团艺术总监赖德·安德松回忆起自己的芭蕾经历："我是加拿大人，4岁时开始跳

舞。那时,我必须克服种种困难,包括父母的强烈反对,还要找经济来源支持自己跳舞。那时,我可没有这么好的排练厅,每个星期只能学一次舞蹈,还得去餐馆打工来支付学费。但是,我就是喜欢跳舞。"

足尖魅力如此美妙,吸引一大批倾心于此的志同道合者。在艺术道路上,他们互相扶助,共同前进。智利圣地亚哥芭蕾舞团艺术总监玛希娅·海蒂是 20 世纪最著名的芭蕾舞女演员之一,她曾在艺术总监克兰科的指导下编排了大量完整版芭蕾舞剧,蜚声国际。不幸的是,克兰科英年早逝,海蒂悲痛欲绝:"我认为舞蹈者是很重要的,但是我们更需要很好的舞蹈设计者,正是好的舞蹈设计者给了我们生命,给了我们方向。我曾经有非常精彩的生活和生命,但因为克兰科的去世,我甚至有了放弃跳舞的想法。"

艺术家们沉醉于艺术的丰盛,有时还必须承受生活的清苦。辛丽丽说:"上海就是一个不夜城,跳芭蕾舞的人是很清苦的,没有那么多的钱去消费,真正因为跳芭蕾舞而变成百万富翁的可能性微乎其微。芭蕾舞,只有每天出汗,只有每天擦地,只有一场场似乎望不到头的演出。"然而,为了给观众带来美的瞬间,艺术家们百折不回。正如辛丽丽的深情表白——因为芭蕾存在,所以我们存在。

艺术与城市:一种文化身份的认同

在本届文化讲坛上,首位演讲嘉宾德国芭蕾舞协会主席乌里奇·罗姆告诉观众,舞蹈对城市文化有着极深影响:"500 年前,对于德国斯特拉斯堡来说,舞蹈已经是身份认同或者存在的基石了。后来,芭蕾又进入德国,进入斯图加特,这个城市建起了全世界最早的芭蕾舞团之一,如果没有这个芭蕾舞团,斯图加特就不可能成为今天这个城市。可以这么说,如果没有芭蕾舞,就不可能有欧洲文化的存在。"因此,来到文化讲坛,罗姆带着这样一个问题——"芭蕾对于上海这座城市的文化身份认同有多重要?"

而最后,上海芭蕾舞团艺术总监辛丽丽的演讲正触及了芭蕾对于上海这座城市的关系:"日本有一个舞蹈评论家告诉我,中国芭蕾的发展其实是在上海。"20世纪初,即有国外芭蕾舞团来上海演出,此后,陆续有俄侨来中国开办业余私立芭蕾舞学校,其中以上海最有影响。在这一过程中,芭蕾的优雅与纯粹融入了上海这个城市,成为海派文化中的重要部分。

一座拥有丰厚文化底蕴的城市,为芭蕾艺术的生存提供了必要的土壤;而一座拥有芭蕾的城市,因此拥有了一份优雅的情怀和希望。

而芭蕾大师们在上海的此番汇聚,也从另一个角度说明了芭蕾对上海这座城市文化身份认同的意义。

（原载《解放日报》2008 年 10 月 17 日第 5 版
曹静、黄玮 采写   张春海 摄影）

第十九届文化讲坛：

人文关怀与科学发展

文怀沙 红学家、书画家、金石家、新中国楚辞研究第一人,曾在北京大学、清华大学、北京师范大学、中央美术学院等多所大学任教,担任教授、客座教授、顾问等。现为世界汉诗协会终身会长、上海大学文学院名誉院长等。主要著作有:《鲁迅旧诗新诠》、《屈原九歌今绎》、《中华根与本》、《毛泽东诗词吟赏》等。

演讲篇

文化的背后是良心

文怀沙

主持人易中天： 刚才我们已经听到了文怀老精彩的开场白，相信大家一定很期待他的演讲，也希望我赶紧从这里下去。（全场笑）文怀老风趣幽默，依我看，他也是一个孩子。这位永远年轻的长者相信在文化的背后是良心，而这也是他今天要演讲的主题。（全场鼓掌）

在人生道路上还是要多种一点花，在你走了以后让人家闻到花香

诸位朋友，诸位我的同代人。（全场大笑）我生于19××年，（全场笑）今天在座的诸位几乎全是19××年生的。（全场

大笑)我将消失在 21 世纪,我不准备到 22 世纪去。(全场大笑)人有悲欢离合,生老病死,此事古难全。凡是想长生不老的人,秦皇也好,汉武也好,皆变成一种虚诞。所以,人要面对生,也要面对死。所有的小孩如果不死,都会变成老人;所有的老人,也都是小孩变来的。今天我觉得很亲切,因为我面对的几乎都是我的弟弟和妹妹,都是 19××年出生的人。(全场笑)

到这里来,我首先想请诸位为我的提议而起立,和我一起哀悼一位前不久过世的好朋友,也是一位卓越的学者,他就是曾担任过上海市委宣传部部长的王元化先生。请诸位同志为我们敬爱的学者王元化先生默哀。(全体起立,默哀)好,请坐。我每次来上海都要跟他见面,但是这次不可能了,他已经到"彼岸"去了。其实他也是我们的同代人,历史无情,你想挽留谁,却挽留不住,到时候该他下车了,他只好走。

我很感谢上海。20 多年前,上海的电台就说我死了。这样我就收到了很多唁电、祭文、挽联,这个经验对我来讲是非常美好的。后来听说传谣的人要受处分,我特意赶来,当时的上海市委宣传部同志向我道歉。我说你们有什么道歉的必要呢?你们带给我的是前所未有的最好的人情味。(全场笑)慎终追远,那位编辑传的这个谣又不是他造出来的,但是却引得很多朋友为我流泪,让我在有生之年听到了身后的赞美。那时,钱钟书就嫉妒我了,他说没想到你能够有这么好的经历。(全场笑)

人生自古谁无死?我是会死掉的。现在有一口气就要考虑一个问题,活着干什么。我随时问自己,活着干什么,在人生道路上,你是愿意多种一点花,在你走了以后让人家闻到花香,还是愿意沿途不讲卫生,去排泄一些脏东西,让人家踩着你的粪前进?人总会死,但是人不能不留下一点东西。

我是一个不得安闲的老头,但是我从来没有意识到我是一个老头。我常用的一个办法就是和年轻人在一起。一滴水怎么才能不干？那就要滴到海洋里去。延缓衰老的步伐，使自己活得更年轻，唯一的办法就是拥抱青春。临死的时候，我还要吟诗，"青春作伴好还乡"，要带着青春的气味，让青春来做自己的伴侣。

今天，我首先要关心我的同代人，生于19××年的弟弟和妹妹，希望你们有一个宽广的情怀。世界上最博大的是海洋，比海洋更博大的是天空，比天空更博大的是高尚的人的情怀。愁眉苦脸是一天，心情宽广也是一天。杞人忧天大可不必，不要躲避逃不开的事情。死亡是一个陈旧的游戏，但对每一个个体来讲都非常新鲜，就这么一次，有来就有去。有一次，我在外地，那天心情很不好，我怕回不去了，就给家里留了一个遗言，八个字："好来好去，善始善终。"（全场鼓掌）

客观世界不能按照你的主观设计来运转。外头下雨，你出去碰到了，心里不舒服，就骂"这个死天"。易中天的优点就是不骂天，只怪自己没带伞。（全场笑）客观世界有它运转的规律，用共产主义的世界观来说就叫做唯物主义。杨利伟去的地方就是唯物的，他后来又回来了。（全场笑）他所能调查研究的空间是唯物的，是物质的。宇宙是无限的，所谓无限指的是两个无限：时间是无头无尾的，空间是无边无际的，因此我们所占领的时间和空间都是有限的。或者说我们所知道的东西，包括我最喜欢的学者易中天，他的学问也是有限的。在这点上虽然我的有限不如他的有限，但是我们全是有限的。（全场笑）

易中天：您是小小的有限，我是大大的有限。（全场笑）

对于浩瀚的无限我们没法把握，所以很多学者包括科学家到了晚年，作家托尔斯泰也好，歌德也好，都有一种情怀，就是对伟大的无限有一种敬畏的感觉。

"一切都会过去","子在川上曰,逝者如斯夫"

刚才易中天宣布了我今天演讲的主题是《文化的背后是良心》,这个题目是你们文化讲坛的同志出的。很多新闻记者的本事很大,新闻来了,上去加个标题,加得很好。这让我想起了我的一些亲历。

抗战时期,上海音乐学院搬到重庆乡下青木关。晚上,有学生唱意大利美声,"哦哦哦"地唱。(全场大笑)乡下人听不惯,半夜都不敢睡觉。然后这个新闻在报纸上登出来了,记者给加了一个标题叫《夜半疑是厉鬼哭,乡人不识女高音》。(全场笑)

还有一个故事,发生在抗日时期,有一个湖南女孩很漂亮。我是湖南人,易中天也是湖南人,我不是吹牛皮,湘女是漂亮的。(全场笑)但是漂亮有坏处,容易招惹流氓。(全场笑)这个女孩很漂亮,被日本人发现了,日本人拿着枪追她。女孩就跑,宁死不屈,后来一头跳到茅房的粪坑里,淹死在里面。尸体捞出来后,被摆在路边,臭极了,路人走过都掩起鼻子。我在长沙看到了这则新闻,写稿子的新闻记者很有水平,标题写了两句话,叫《寄语路人休掩鼻,活人不及死人香》。(全场鼓掌)

我今天要讲的内容也是新闻记者加的标题。我近年来讲得比较多的,是"传统文化与近代商品社会的撞击",这是我在很多地方讲的,但是讲的对象不同,现场的交流不同,讲法也会不同。我很佩服达摩禅师,他面壁可以成道,如果要我面壁,我非憋死不可。(全场笑)所以我希望我们台上台下要有情绪的交流,因为一交流以后我讲的内容就会有变化,可以任意驰骋。

易中天:那您说说,我们现在该怎么面对这场世界性的金融风暴?

经济要按照经济规律来运作,从大的规律来讲就是要因势利导,但是我们也应该讲良心。在康德的墓碑上有两句话:"位我上者灿烂星空,存于我心者道德之法则。"我们现在一般都在找寻真理,但不知道在追寻真理的同时还要有一个东西叫善理。真理不等于善理。

现在世界上发生了金融风暴,考验着很多人。在上海有一句话叫"跳黄浦",我们的市政建设如果考虑到这点,有没有必要来搞一个工程,替黄浦江加一个盖子呢?我看不必,这个钱不要花。那么面对金融风暴,我们应该有什么作为?怎么缓解?中央要拿出四万亿来做事,拉动内需。我听说有一些有钱人却不知道钱该怎么花,我们经常会遇到这种情况,就是我们愿意的我们不能够,我们能够的我们又不愿意。

凡是发生的事情都会过去,所以在对待金融风暴时,我就想到了智慧之王所罗门说过的一句话:"一切都会过去。""子在川上曰,逝者如斯夫",这使正在痛苦的人感到欣慰,因为你的痛苦会过去的,而正在幸福的人也必须要想到,你的幸福也会过去的。一切都会过去,金融风暴也不例外,即使它持续的时间可能会较长。

"国学热"要有一个度,就是要弄清楚我们要继承什么东西

任何事物都要有一个度。比如,把一个小孩放在一个无菌的、经过红外线处理的房间里,把这个小孩带大,带到 10 岁,然后你把他放出去,出去后可能他马上就得了流感、感冒、急性肺炎,然后死掉。为什么呢?因为过犹不及。"国学热"也是这个问题。"国学热"就是要继承传统。穿衣服的时候我就注意这个问题,我外面穿着西服,这是跟国际接轨,(全场笑)里面穿着汉服,这是继承传统。(全场笑)我很欣赏韩国人的婚礼,丈夫穿西服,跟国际接轨,老婆穿民族服装,跟传统接轨。

　　"国学热"要有一个度，就是要弄清楚我们要继承什么东西。商品社会不能排斥文化，要有继承。继承就是继往开来。继什么往，开什么来，要有选择。易中天在讲诸子百家的时候，他有新的精神，他没有叫人家背这些东西。

　　易中天：我自己就背不来。（全场笑）

　　他背不来，这个好啊，我们有时候就是背得太多了，反倒糟糕了。不是所有的东西都是要记的。继往开来要跟另一句成语相结合，就是要跟"奇光异彩"合起来，"奇光之往应继"，"异彩之来待开"。不能凡是旧东西都要继承，比如随地吐痰，就是"往不可继"，而我们说要接受新事物，但艾滋病就不能接受，要有所选择。现在我们教育年轻人，让他们背四书五经，我们小时候吃的苦又让现在的年轻人来吃，我反对。

　　还有"国学大师"这个头衔，我从来不敢接受。中国 56 个民族很多语言我都不懂，很多文字我也不懂，蒙文不懂，满文也不懂，怎么叫国学大师呢？ 在国外，国学不叫国学，叫汉学，学中文不叫学中文，叫学汉文，我对汉文略知一二，也知之不多，而对其他文字更是等于无知。

　　我们的中华文化实在是博大精深。比如说敦煌，我觉得敦煌应该成为东方的艺术之都，不要只认为卢浮宫才是了不起的。我有一位朋友讲过一句话，讲得非常好，他说，"蚕宝宝做梦也没想到会吐出一条丝绸之路"。我也没想到，今天会跟诸位介绍敦煌，敦煌真是好得不得了。到明年，敦煌的历史就有 2120 年了，到了后年就有 2121 年的历史了，我觉得现在就应该把敦煌妆点起来，欢迎全世界的艺术家到时候来朝圣。

　　现在我把为敦煌写的一个碑文给大家看看，（展示手写碑文）碑文一共 111 个字：

　　君休忘，汉武帝元鼎六年置敦煌郡，斯纪前一一一一年也。

　　敦者，厚笃实也。老子曰："敦兮若朴"，中华民族性格内美

可以斯一言蔽之。

煌者，光辉炽盛也。在天曰"明星煌煌"，见《诗经》；在人曰"明哲煌煌"，见《汉书》。斯一言以之状中华文明，其谁曰不宜？！

戊子秋喜逢迎来奥运之日 文怀沙书赞

讲良心首先就是不要看不起妈妈。黄昏的树影拖得再长也离不开树根，我们走得再远也走不出母亲的爱

接下来，我就讲讲"良心"。因为刚才下面有人递给我个条子，说"文老，时间不多了，讲讲今天的主题'良心'吧"。（全场爆笑）我因为见到了你们这些我的同代人，就觉得有说不完的话，剪不断，理还乱，我一想到要和你们分别，就产生离愁。（全场笑）

讲良心，第一条就是不要看不起自己的妈妈，要爱母亲。孙中山主张男女平权，没有实现；毛主席讲"妇女是半边天"，也是路漫漫其修远兮。妇女的经济、政治地位影响着社会的前途和文明的前途。一个责怪妈妈的民族是可怕的。换句话说，对女性要尊重。

历史上歌颂女性的大人物首先要提的就是老子，老子讲阴阳，阴在前，阳在后；讲雌雄，雌在前，雄在后；讲牝牡，牝在前，牡在后。他把母性看得很重。到了孔子就改变观念了，孔子的贡献很大，但他也有消极面，就是对女子不重视，他讲"唯女子小人难养也"，对女子很不屑。

在讲《易经》的时候，讲乾坤两卦，"天行健，君子以自强不息；地势坤，君子以厚德载物"。我从小就在背这个，我在晚年斗胆换了两卦，"天行健，君子以自强不息；地势坤，淑女以厚德载物。"妇女万岁！（全场鼓掌）

　　良心从哪里来？良心首先从妈妈那里来。母亲十月怀胎生出孩子，还要哺乳。如果女人不慈悲，人类就灭绝了。全靠母亲的慈爱才有我们的今天，黄昏的树影拖得再长也离不开树根，我们走得再远也走不出母亲的爱。（全场鼓掌）路漫漫其修远兮，男女平权，男女各顶半边天。不过有一条，历史上的伟人虽然大多是男性，但是他们都有一个共同的特点，就是都是从妈妈的肚子里出来的。（全场大笑）

　　凡忘恩者必负义，一个人是这样，一个民族也是这样。我还有很多想跟大家交流的，但时间就是生命，时间就是金钱，Time is money（时间就是金钱）。（全场惊讶，大笑）我的 19××年出生的弟弟妹妹们，我们能见面，已然让我感到幸福，我要走了，就是离开这个世界，我也留下了我的诗和著作，为子孙后代留下了一些精神财富。今天我就讲这么多，见笑了。谢谢诸位。（全场鼓掌）

（原载于《解放日报》2008 年 11 月 21 日第 18 版）

易中天 毕业于武汉大学,现任厦门大学人文学院教授、博士生导师。长期从事文学、艺术、美学、心理学、人类学、历史学等多学科和跨学科研究,著有《〈文心雕龙〉美学思想论稿》、《艺术人类学》、《读城记》、《帝国的惆怅》等著作。在《百家讲坛》,易中天以故事说人物,以人物说历史,以历史说文化,以文化说人性,形成了独特的说史风格。出版的《易中天品三国》更是创纪录地以 55 万册起印,5 个月内销量即达 140 万册。

没有敬畏就没有关爱

易中天

主持人易中天：非常感谢文怀老的精彩演说，这是一场让人心情非常舒畅的狂风暴雨。（全场笑）刚才文怀老跟我们讲了《文化的背后是良心》，现在按照规定动作由我来讲《没有敬畏就没有关爱》。（全场鼓掌）

如果先秦诸子面临如此金融危机，他们不会跳黄浦江，而只会开出种种救市的药方

我讲的这个话题是由我们当前的国际国内形势引发的，因为我们都知道，现在全世界面临着金融危机，经济上出了些问题。所以 2008 年年终盘点，我相信有一个关键词会进入排行榜，那就是"救市"。"救市"应该是 2008 年年末频繁出现的一个词，连我重登《百家讲坛》都被某些媒体说成是"救市"。（全场笑）那么今天我借解放日报报业集团文化讲坛一方宝地负责任地告诉他们，我到《百家讲坛》讲《先秦诸子·百家争鸣》绝对

不是"救市",《百家讲坛》不需要救市,易某人救不了,也没这能耐。

昨天晚上我们和文怀老一起聊天,他提出一个观点,就是如果老子、孔子,先秦诸子活在当今,面临这样一个局势,他们绝对不会跳黄浦江。(转向文怀沙)我本来以为您老人家刚才会说的,结果又没说,我接不上茬儿了。(全场笑)

确实是这样,如果是我们的先秦诸子面临今天这样一个形势,一个需要救市的形势,他们绝对不会跳黄浦江,而只会开出种种救市的药方。

实际上当时的一个关键词也叫"救世",不过不是市场的"市",而是世界的"世"。先秦诸子为什么会出现在两千多年前的战国时期,就是因为那个时候社会出问题了,这个问题有四个字的概括,叫"礼坏乐崩"。什么叫"礼坏"呢?就是秩序出问题了。什么叫"乐崩"呢?就是道德出问题了,或者说信任出问题了,信念出问题了,或者说是信贷出问题了。

一个有序的社会是由很多很多的环节和链条组成的。我今天向解放日报的记者求救,"恶补"了一下次贷危机是怎么回事,他们告诉我,很简单,就是整个链条里面的一个环节出了问题,这个链条就"唰"地一下全部崩开了。

任何一个完善的、健全的、有序的社会都是由非常多的环节构成的,而春秋战国时期恰恰就是当时"天下"这个环节出了问题。那么此前的天下处于一个什么样的环节呢?这个环节我认为是周公设计的。

周公制礼作乐的时候就设计了一个环节,它由三个制度组成:第一个叫宗法制,第二个叫封建制,第三个叫礼乐制。这三个环节是一个什么样的情况呢?大致上就是这么一个概念,我们头顶上的叫做天,天底下的叫做地,由于地是在天底下的,所以叫"天下",也叫普天之下。那么天是圆的,地是方的,圆的天扣到方的地上面就有四个地方是没有地的,那便是海,东西南北四个海,所以天下也叫四海之内,海内和天下是一个概念。

这个天下有一个最高的领导人叫天子,天子把天下分给诸侯,这个叫做"国",诸侯再把自己得到的国分配给大夫叫做"家",这样就形成了天下、国、家这样一个三个层级的结构。就像我们现在的一些集团,下面有一个总公司,总公司下面有一些分公司,是这么一个关系。

像我们现在的这个信贷环环相扣一样,当时也是这个样子,天子把天下分给诸侯,诸侯把自己的国分给大夫,大夫再把国划成田,那么士可以有田,但是没有产权也没有治权。这是一系列环节。"礼坏乐崩"就是这个环节出问题了。

当时周公在分天下的时候是设计好了的,诸侯分成公、侯、伯、子、男五等爵,就像我们现在部队的新军装上有那个条条一样,它是有一个序列的。当时这个序列是按诸侯各国的实力来分配的。但是我们知道孟子说过,"君子之泽,五世而斩",任何一个家族,一个世袭的统治者它传到第五代就不灵了,有一些会衰落下去,有一些会过度膨胀。就像现在的市场上有很多企业在竞争,有一些要衰败,有一些会壮大起来。当然这个衰败和壮大的原因很多。

当时的情况也是这样的,一些我们现在都叫不出名字的小国家被兼并了,某些国家就强大起来了,比方说楚国。文怀老和我都是湖南人,我们都是楚人。在西周的时候,楚人被封了子爵,第四等,但是楚国很快就强大起来了,成为南方之强,它就产生了一个观念,就是"不服周"。现在湖北人还这么说。

当时楚人自称蛮夷,说我们就是野蛮人,你不是当年封我们的时候说我们是南蛮吗,那我就是南蛮,我不听你的。于是楚王向周天子叫板,说你不能再把我当子爵了,我要提高爵位。话是怎么说的呢? 他说寡人身上有几杆破枪,听说你们中国,当时的中国指的是中原地区,就是天下之中的国家,就是周。楚王说,听说你们中国很文明,你们物质文明、精神文明、政治文明都搞得很好,我想去参观学习,但是我们野蛮人有个毛病,上学的时候喜欢带枪,希望我们以后见了面呢,你把我这个条条增加一点,把我的爵位提高。周天子不批准。楚国的国君就说你不给我加,我自己封。(全场大笑)他自己封自己为王,自称武王。

楚国是第一个称王的诸侯,周朝的整个政治链条出了问题,这同样也是次贷危机,就需要救世了。

儒家讲畏天命,墨家讲畏鬼神,两家都有一个共同的思想,没有关爱是因为没有敬畏

先秦诸子就是出来救世的,当然他们提出的是救世的方案。第一个提出来的是儒家,也就是孔子。孔子认为我们的政治信贷——我姑且发明一个词叫做"政治信贷"——之所以出了问题,就是因为没有爱。

本来有爱是没有问题的,因为他们规定天子就是天下人的"总爸爸",诸侯就是各国国君,也就是各国的爸爸,而各个大夫是各个家族的爸爸,所有人之间都有着君臣父子关系。如果君爱臣,臣爱君,父爱子,子爱父,就不会出现这样的问题。作为一个子爵怎么会要求当王呢?你是不爱爸爸呀,一个家里只能有一个爸爸,你怎么能身上有几杆破枪就说我也要当爸爸呢?(全场笑)一个家里面有两个爸爸,那是不可以的。这是因为不爱,不爱以后怎么办呢?补救的办法就是讲爱。什么爱呢?仁爱。这就是孔子的药方。

所谓仁爱就是首先爱自己的父母、自己的兄弟、自己的子女,然后推而广之,爱别人的父母兄弟子女,爱乡亲们的父母兄弟子女,爱国人的父母兄弟子女,爱天下人的父母兄弟子女,让世界充满爱。世界充满爱以后就不会乱了，大家都守规矩了。

而墨子是反对他这个药方的。墨子说，你这个药方不灵。天下之所以大乱确实是因为不爱，墨子也赞成这一点，但是这种不爱不是表现为下级不服从上级，而是表现为弱肉强食。

墨子说，谁都知道一个简单的道理，如果一个人到别人家里偷了桃子和李子，这是盗窃，是要受处分的，因为他损人利己。如果他偷的是别人家的鸡和狗，这个处分要比偷桃子、李子重一点；如果偷别人家的牛和马，处分又要比偷鸡和狗重一点；如果杀了别人，那又要比偷牛、偷马严重。可是现在你们这些诸侯国的国君带着军队大规模地屠杀别国的人民，抢夺别国的财产，怎么就没有罪？你们还说自己是英雄，天底下哪有这种道理？你们把别的国家消灭了，兼并了，然后在自己的钟鼎上铸上铭文，说谁都没有我抢得多。那么我请问你，一个老百姓把别人家的孩子杀了，把别人家的财产抢了，把别人家的女人霸占了，然后也写一个牌子在自己家门口说谁都没有我抢得多，行吗？不行。为什么你们统治阶级就可以这样做，人民群众就不能这样做呢？天底下哪有这种道理。这说明当时的社会没有公平与正义。

因此墨子主张兼爱，要爱就给予所有人同等的爱，你不能有等级地爱，你不能说最爱天子，再爱国君，次爱大夫，最次的爱给人民。不行，必须是同等的爱。这是儒、墨两家的不同。

但是他们两家都有一个共同的思想，没有关爱是因为没有敬畏。

儒、墨两家都讲敬畏。儒家讲畏天命，你要害怕天命。从周公就开始讲，一直讲到孟子。没有哪一个政权是可以万寿无疆的，这是周人从殷商王朝灭亡那里吸取的教训。周武王伐纣只用了一个月的时间，子月出发，丑月就拿下来了，比美国打伊拉克还快，那是冷兵器时代啊。冷兵器时代交通不方便，没有坦克，没有飞机，没有大炮，没有导弹，一个月就把一个王朝颠覆了,为什么?因为殷商王朝太不把人当人,太不以人为本,太没有关爱了。所以儒家说你要敬畏天命,你不要牛哄哄地以为你很了不起,你要知道这个天命是会更改的。天命最早给了夏,夏桀失德,上天就把天命给了商;给了商以后殷纣王失德,上天就把天命给了周。因此如果我们周不敬畏天命,不对人民表示关爱的话,我们也要失去政权,所以要畏天命。

墨子说什么呢?他说要畏鬼神,你要敬畏鬼神。墨子说世上之所以乱,之所以出问题,是因为大家都没有了敬畏之心,胆大妄为,什么都敢干。你要知道,一个人做坏事是要受到鬼的惩罚的,做好事神是会奖赏你的。

所以儒墨都主张关爱,都主张敬畏,他们认为没有敬畏就没有关爱,没有关爱就没有信任,社会的、政治的、经济的,各种链条就会中断,就会出问题。

你拿青春赌一下明天是可以的,但是你不能狂妄到把大后天都赌了,要清醒啊

那么道家呢?道家说不对,你们的仁爱和兼爱都不对。因为你们提出仁爱和兼爱就是因为你们没有敬畏。本来儒家和墨家提出仁爱和兼爱是说没有敬畏就没有关爱,是主张要敬畏的,一个畏天命,一个畏鬼神。道家说哪里有天命,哪里有鬼神,你们制定各种制度,想出各种办法来就是因为你们太狂妄,你们以为人无所不能,你们以为人可以干一切,你们以为人可以代自然立法,怎么能跟自然扭着来呢?

庄子讲了一个故事,说有一天孔子的学生子贡看到一个老头在浇菜园子。老头打了一口井,在井的旁边挖了一条隧道,然后自己抱了一个水罐走到隧道里面,来到井的跟前舀一罐水再抱出来,抱到地上去浇菜园子。子贡说,老先生你这也太麻烦了吧,你就不会用水车吗?水车多快啊。老头马上变了脸

色，说，你以为我不会用水车，我是不屑于用水车，因为"有机械者必有机事，有机事者必有机心"。你有了省劲儿的机器，你就一定有省劲儿的事，有省劲儿的事，你就有了省劲儿的心，你存心就不良，就想投机取巧，就想少劳多得。

今天我们当然不会赞成不用水车，该享受的科技文明我们还是要享受。我们不能就像庄子一样，飞机不要坐了，我们走吧，从上海走回北京去，（全场笑）不可能。如果昨天张越从北京走到上海，那文化讲坛她肯定赶不上了。但是我们确实要心存敬畏，不要以为我们的这些进步就怎么怎么了不起了。恩格斯说过，我们不要陶醉在自己对自然的征服之中，我们的每一次征服，大自然都给了我们惩罚。

我们看看三聚氰胺这个东西，三聚氰胺加到牛奶里面，第一个是像牛奶一样的白，第二个搅和一下它能像牛奶一样的稠，第三个它含氮量高，可以提高奶粉检测时的蛋白质含量。都做成这样了，就是想投机取巧嘛。我们再看一看美国的金融危机，就是因为太狂妄了，认为无所不能，向银行存一百块钱就敢借一万块钱来花。我请教了一下内行，我说能不能这样表述他们的这种做法，就是"用青春赌明天"？他们说可以这样表述。你拿青春赌一下明天是可以的，但是你不能狂妄到把大后天都赌了，要清醒啊。

先秦诸子当中儒墨道三家其实都是心存敬畏的，没有敬畏的是法家。法家是胆大妄为的，法家是真的没有什么敬畏，虽然法家最后成功了，但是它为这种成功付出了沉重的代价。秦始皇的一统天下就是按照法家学说来做的。

法家有一个特点，它非常务实，它的所有办法都是可操作的，但是它留下了一个非常严重的后患，就是没有解决我们为什么要秩序的问题。

在春秋战国时期"天下大乱"失去了秩序以后，儒家提出了它的办法,要恢复到原来的秩序。墨家也提出了它的办法,要建立一个新的秩序,就是一个人人平等的秩序。道家提出它的办法,最好的办法是不要秩序,如果一个社会不要秩序,这个社会就不会有秩序问题了。老子说得很清楚,一个人为什么会生病,是因为你有身体,你有身体就会生病,如果没有身体就不会生病,社会的秩序之所以出问题,是因为你要有秩序,如果这个社会是不需要秩序的,那就没有问题了。所以庄子讲,两条鱼躺在干枯的河床里面,河水没有了,两条鱼在河床里面相互吐着泡沫去救活对方,这叫相濡以沫,这是我们中华民族的美德。但是庄子后半句说什么?"未若相忘于江湖也",根本就不需要相濡以沫,如果水多得用不完,还需要相濡以沫吗?

所以,我在中央电视台一个关于见义勇为的节目里讲了,我无比敬重见义勇为的英雄,但决不希望人人都有成为这样的英雄的机会,因为一旦有见义勇为就意味着两个前提,要么是天灾,要么是人祸。一个社会如果没有天灾又没有人祸,就不需要秩序,就不会有秩序问题,这是道家的观点。

但是这样一个理想的状态是不可能的,没有人祸还有天灾,没有金融风暴还有汶川地震,怎么可能不需要秩序呢?所以法家说秩序是一定需要的,而且法家也提出了一个可以解决当时问题的秩序,那就是由秦始皇通过武力一统天下,建立一个中央集权的帝国。这就把问题解决了,但是留下了一个后患,法家没有回答人类为什么要有秩序这个问题。对于为什么要有秩序,回答得最好的是墨家,墨子的观点是"兴天下之利,除天下之害",是为了普天之下所有人的幸福。

人文关怀就是要让每个人都过上幸福生活;讲科学发展就是要心存敬畏

这样一来,就回到了今天的主题——"人文关怀与科学发展"。所谓人文关怀，在我理解就是要让每个人都过上幸福的生活。我们今天讲科学发展，我一直在思考一个问题，什么是科学发展？为什么要讲科学发展？我们以前讲发展才是硬道理，现在我们讲科学发展，因为我们要思考为什么要发展，发展的目的是什么。我个人理解，发展的目的是为了全中国人民乃至全世界人民每一个个人的幸福，这就是以人为本，这就是人文关怀，而在这个人文关怀背后的精神就是科学发展。

我们今天讲科学发展的时候，一定要记住先辈先贤的教导：必须心存敬畏。所谓科学发展是针对不科学的发展而言的，不科学的发展有一个明显的特征，就是所谓的无所畏惧，什么都敢干，什么楼都敢盖，什么房子都敢拆，什么图纸都敢画，什么人只要穿上白大褂就敢在别人身上动刀子。（全场笑）没有敬畏怎么会有科学？我们看看历史上的那些科学家，哪一个不是心存敬畏的？

所以我觉得，在我们面对这样一个金融风暴之下需要救市的时候，我作为一个人文学者要我提出什么办法来，我是提不出来的，我只是希望大家也借此机会反思一下我们的发展，反思一下我们在发展中有没有失去敬畏的地方，从而检讨我们有没有不科学的地方，以便我们将来能够更好地实现我们的人文关怀，我们的科学发展。谢谢！（全场鼓掌）

（原载《解放日报》2008 年 11 月 21 日第 19 版）

张越　中央电视台著名主持人。1988年毕业于首都师范大学中文系,被分到北京财会学校任教。1990年起从事电视剧编剧、策划、撰稿等工作,1995年起担任中央电视台女性栏目《半边天》的主持人。曾获金话筒奖,"25年25金"等多种奖项。有观众这样评价:"看《张越访谈》,常常会被她那种做女人的自信和沉稳所打动。她的谈话像是渗入人心的一湾清流,可以让人感受到一种贴近自然的平和,流畅而又合乎情理。"

坚持媒体的善意

张 越

主持人易中天：下面，按照程序，我们将邀请中央电视台著名主持人张越老师进行演讲。张越是一位非常优秀的主持人，因此也是一位非常有优越感的主持人，按照今天的程序同样是不可无诗，我也为张越老师赋诗一首："张越真优越，张扬又超越。前面两道坎儿，妹妹你从头越。"（全场鼓掌）

媒体的特质是传递信息，而信息会转化为能量。媒体人一定要有责任感

谢谢易老师。我正担心呢，文怀老上场的时候有定场诗，我没有怎么办。

我记得以前崔永元说过，每届文化讲坛基本的嘉宾构成是两个学者加一个"农民"（全场笑），如果按照这个结构的话，我可能是今天的那个"农民"。

易中天：不，我才是今天的"农民"。（全场笑）

农民这个群体常常被一些人认为是值得关注甚至是同情的一群人，而我们做媒体的在民间的口碑有时候也不是很好。在座的可能大部分是媒体人，咱们就谁也别嫌弃谁了，今天说说咱们媒体自己的事。

举个例子，有一年我和崔永元到某一个省会城市参加颁奖晚会，我是主持人，他是颁奖嘉宾。这个城市以媒体非常发达活跃而著称，所以我们去之前都很小心，互相嘱咐了到那什么都不说，不接受任何采访。

我们上台后有一个很简单的小段落，就是颁奖之前主持人和嘉宾要闲聊两句，让大家一乐。因为我们颁的是一个关于女性的奖，我就问小崔，你对北京的女性有什么样的印象。我记得小崔大概是这么说的，北京女性？北京有女性吗？（全场笑）我妈是河北人，我老婆也是外地人，我们组的几个女同志也是天南地北的人。其实他的意思是北京是一个移民城市，已经很难找到老北京女性的特质了。他又装傻说，我想起来了，我女儿应该算北京女性，她是北京生北京长的，要观察我女儿有什么样的特性，那大概就是好吃懒做不干活，事儿了吧唧的那种。（全场笑）当时他女儿还很小，当然是那样了。

第二天，我一上飞机就看到好几份当地的主流报纸上说，昨天在晚会上爆出了很大的事情，首先张越问崔永元对北京女性有什么印象，她问这个问题是想让崔永元夸她是最优秀的北京女性。（全场笑）她胸有成竹地问了这个问题之后，没想到崔永元当场让她下不了台，就是不说，张越神情尴尬。我看了很吃惊，因为我的内心活动已经隐秘得连我自己都不知道，但我的同行却知道。这也就罢了，小崔的问题比较严重，报道中说他炮轰北京女性，认为北京没有女人，北京女人不配称为女人，因为她们个个好吃懒做。（全场笑）过了两天，这件事就变成了国内主流网站首页的内容，在民间展开大讨论，崔永元炮轰北京女性，大家讨论同意不同意他的说法，北京女的算不算女的。那就剩下挨骂了，所有的人都在网上骂他，最后大家在一顿叫骂之后得出结论就是，崔永元不红了，因为他得了病，现在就靠说这样的狠话吸引大家的眼球企图咸鱼翻身。（全场笑）

虽然这件事后来过去了，但却令我非常沮丧。我们身处这样的时代，我们的媒体人身上有什么样的问题，我们应该怎么自我检点，怎么做得更好，怎么让公众更加尊重和信赖，这是很复杂的问题。前些天我在一个活动里听到一个明星谈，我们生活在一个多好的时代，幸福、安宁、和平、富裕。我当时真为他的这种心态祝福，但是我也确实接收到一些相反的信息，比如说，吵闹、暴躁、困惑、不知所措等等。我想我们用狄更斯的话来概括这个时代会比较全面，他在《双城记》中说：那是最好的年代，那是最坏的年代；那是智慧的年代，那是愚昧的年代；那是信仰的时期，那是怀疑的时期；那是光明的季节，那是黑暗的季节；那是希望的春天，那是失望的冬天；我们直接上天堂，我们直接下地狱。

在这样的时代，媒体从业者就会显得责任重大。我这么说不是想自命"无冕之王"，我特别不喜欢这个称呼。我不认为我们有权力去当号令公众的正义旗手，我们并没有这个资格，我也不认为我们可以自以为是地去教化别人，指点别人该怎么生活，该怎么工作。我们职业的特质是向这个世界传递信息，而信息是可以转化为能量的。

有一个词叫蝴蝶效应，是说一只蝴蝶在大洋的这一岸扇动翅膀就可能在大洋的对岸引发一场龙卷风。我经常跟我的同事一起讨论，编片子的时候镜头该怎么用，因为每一个场景的镜头用到什么程度效果是不一样的。当你在表现一组很刺激、血腥的画面时，可能节目的收视率上去了，但是你怎么能知道这些段落在什么时间、什么地点，在一个什么样的人身上刺激了什么样的情绪,引发什么样的后果? 当我们在下一个不太负责任的结论或者传递一些不太负责任的情绪的时候,你怎么知道你会在什么人和什么人之间留下不良影响? 我们作为个人都知道,每个人的一言一行对周围的人和环境是有影响的,更别提我们的职业,我们释放那么多信息,我们怎么能不慎重呢?

我自己以前不懂这些,我不是学传播出身的,我做主持人纯属偶然,我当了主持人之后,有段时间我的注意力都放在我火不火,我的节目火不火上面。后来经历了很多事儿,我帮过人也误过人,成全过事儿也耽误过事儿,这之后,我才知道我对别人有责任,对这个社会有责任。所以我想,媒体人回过头来冷静思考自己职业的时候,应该有责任感。

媒体人怎么进行自己的精神建设,让自己的心灵更健康,这是很重要的

下面说说我们一些媒体有哪些让人忧虑的表现。有一部动画片的名字叫《没头脑和不高兴》,我们有些媒体人的表现就有点"没头脑和不高兴"。

什么叫没头脑? 我一说这个词大家一定觉得我是在批判娱乐,其实不是。好的娱乐节目是有头脑的,即使娱乐疯狂到无厘头也是有头脑、有态度、有立场的。我说的没头脑不仅指一些烂的娱乐,也指一些其他类型的节目,总的来说就是思想贫乏、感情枯竭、言语乏味、无所用心。

我觉得咱们不能这样,说话尤其是在节目里说话不能不用脑子。长期的职业生涯会给我们这样的习惯,你会说一些这样的话,这些话的特点是都没错,但都没价值,说不说都行,反正也没动脑子想,也没用心去感受,对谁有益、对谁有害无所谓,只不过是一个熟练工而已。如果媒体呈现出不负责任的人云亦云的症状,就让人没法尊重你。

记得有一次参加一个主持人比赛活动，一位选手负责报道"八一"建军节，内容是解放军相亲。主持人一张嘴就开始说：今天是"八一"建军节，天气非常晴朗，鲜花盛开，场面非常的热闹，人头攒动。我们到现场的解放军战士个个英俊潇洒，来参加征婚相亲的姑娘都非常漂亮。这新闻报出去是没错，但里面有多少真实的信息？后来我问那位参赛者，你说这些话的时候，用脑子想过吗？所有的解放军战士都长得特英俊，城里的漂亮姑娘蜂拥而至，都非常愿意跟我们新时代最可爱的人喜结良缘，这样的话你相信吗？我不信，你为什么非要这样说？这就是习惯，今天因为是建军节，这样说才能应景。但这不是事实，撒谎对得起谁呢？其实那个人也没有蓄意撒谎，他是一个很厚道认真的人，这样说只是出于一种习惯。做媒体时间长了，有时会说一些空话套话，不能很好地表达真实、表现真情，显得千篇一律。

还有一个词叫不高兴，不高兴和没头脑相反，通常不高兴的都是有头脑的。其实不高兴是一种非常可以理解的情绪，因为不如意的事十有八九，但问题是我们的不高兴应当用一种什么样的理性和什么样的情怀去统驭它，还是仅仅是宣泄？

我说的不高兴不是指批评报道，因为舆论监督是我们媒体的重要责任。我说的不高兴是指胸怀不够宽广，态度显得片面。比如，报道一件事情的时候，有的人是根据自己的好恶、自己的价值观和立场，而不是根据事实全面均衡地报道。有的采访对象说了一段话，有的媒体会从一段话里面摘出一句，这一句跟之前的一大段话的原意差别特别大，但它只传播了这一句话，于是人们跳着脚开始骂。传播不理性的情绪，这是非常危险的，而个别人就喜欢做这一类的事情。所以，我们怎么进行我们自己的精神建设，让我们的心灵更健康，这是很重要的。

媒体站在什么立场上，以什么样的胸怀对待他人的生命，是非常重要的事

今天，很多人知道，优胜劣汰，适者生存，小孩从小也都是这么学的。优胜劣汰，适者生存，作为物种学说上的理论尚存在争议，如果挪移到社会伦理的领域则显得危险。在我理解，这8个字其实带有弱肉强食的意思。

有时候我们会看到这样的体育报道，如果一个人得了金牌，所有的赞美都献给他。如果这个人失败了，不管任何理由，马上会挨骂。那些得不上名次的人常常会被忽视。如果把这种对体育势利的态度挪移到整个人生的立场和舞台上，我们看到的就是在谈到做人、做事的时候，疯狂地追逐成功。机场的小卖部卖的很多都是有关于怎么成功的光盘和书。追逐成功、追逐权力、追逐强大，人们都在喊我要赢，我是最好的。人有上进心是好事，做事业有上进心、有追求也是好事，但是如果变成是一种群体性的功利、焦躁，那么将是一件非常危险的事。

举这种典型的例子，我是想用以强调媒体面对新闻作出报道的时候，立场十分重要。媒体站在什么立场上，以什么样的胸怀对待他人的生命，是非常重要的事情。

记得有一次我在山里采访一位农村妇女，我问她你平时看电视吗？她说电视很少看，有些节目不敢看。她说，那些节目我看了就活不下去，你看看人家都活成那样，我一看电视就觉得我不配活着。我想，我们的个别媒体怎么会势利到这种程度，让生活中那些有痛苦的人觉得自己如此失败，宣扬虚假的、光鲜夺目的所谓成功，吓坏了老百姓。

而我认为，我们媒体应该放下功利，真诚地去面对真实的人生、真实的事和很多良性的规则，并表现出自己的关注与热情。

媒体的善意，是面对世事的理解，面对生命的尊重，和面对生命之上更高准则的敬畏

个别媒体还存在一个问题，就是知和行不统一。我们都学过很多道理，我们批评别人的时候总是振振有词，但是我们自己能做到多少？如果我们每天跟公众讲特别大的道理，可是在自己职业非常具体的问题上却做得不像样，我们自己都表现出对自己的价值观不能贯彻，至少没有尽力去贯彻，如果那样的话就剩下大话满天飞了。这种知和行的不统一，会让人们对我们不尊重，会使公众丧失对我们的信任。

坚持媒体的善意，我说的善意不是指客气，不是满脸堆笑讨好所有的受众，善意是指人内心的诚实、诚恳、负责任、担待和体谅，是指面对世事的理解、面对生命的尊重，和面对生命之上更高准则的敬畏。我们必须承担自己的责任，先不说别人做得怎么样，我今天在这里说话心里就很打鼓。我凭什么在这里跟别人侃侃而谈讲道理，我自己做到了什么？所以我想，我们得先知道自己做得怎么样，先检点自己的行为，承担自己的责任，然后再去说别的事情。

今天的主题叫"人文关怀与科学发展"，科学发展观指什么？核心是以人为本，经济发展、物质丰富最终是要服务于人的，而人需要的不仅仅有物质财富，还有文化权益和政治权益，在以人为本的基础上才能全面发展、协调发展，所以说要关注人的精神建设和心灵建设，关注人与人的关系、人与环境的关系和人与自然的关系，这样才能最终实现我们说的可持续发展，而不是用自毁前程的方式换取一些眼前利益，不管是媒体还是其他的行业都是这样。我们作为传播信息的人，首先要进行自我的精神建设。

最后，我想借用上世纪 60 年代美国联邦通讯委员会主席对当时全美的广电从业者说的一段话：先生们，你们通过人民的空间所播送的电视内容影响着人民的情趣、知识、观点,影响他们对自己、对世界的认识,而且影响他们的未来。图像和声音即刻传送的力量在人类历史上是前所未有的,这是一种令人敬畏的力量,它有无限行善的能力,也有无限作恶的能力,它承担着巨大的责任,你们和我都无法逃避的责任。谢谢各位。（全场鼓掌）

（原载《解放日报》2008 年 11 月 21 日第 20 版）

对话篇

　　司仪孔同（新闻晚报记者）：尊敬的各位来宾，各位领导，下午好！欢迎大家参加解放日报报业集团第十九届文化讲坛。今天来到我们现场的嘉宾，是98岁高龄的文怀沙先生，著名学者易中天先生，中央电视台著名主持人张越女士。欢迎他们到台上就座！（全场鼓掌）接下来要把话筒交给易中天先生，有请他担任今天文化讲坛的嘉宾主持。（全场鼓掌）

　　易中天：函关天地外，大道有无中。

　　欢迎大家参加解放日报报业集团第十九届文化讲坛。本届讲坛有三位嘉宾，第一位是文怀沙老先生。按照我们家乡的传统和学术界的传统，应该称他为文怀老。他是文化讲坛历史上最年长的一位嘉宾。（全场鼓掌）第二位是中央电视台著名节目主持人，也是众所周知的中央电视台学者型主持人张越女士。她是文化讲坛历史上最具特殊魅力的嘉宾，（全场笑）脸上满是充满优越感的微笑。（全场笑，鼓掌）第三位是我，大家都

很熟悉。今天我是来担任主持人的，也是文化讲坛历史上最不靠谱的主持人，是个冒牌货，业余水平，请多关照。（全场笑，鼓掌）

出席本届讲坛的还有沪上各界精英，可谓群贤毕至，少长咸齐，童叟无欺，货真价实。（全场笑）

如此盛会，不可无诗，特赋诗一首：骚作开新面，久仰先生名。去岁馈珠玉，始悟神交深。文怀老，这是谁的诗？

文怀沙：这是一位领导同志写的诗。

易中天：刚才我朗诵的是一位领导同志送给文怀沙老先生的一首诗的开头四句。所谓赋诗，按照我们中国的传统，也是可以朗诵别人的诗的，不算抄袭剽窃。（全场笑）

文怀沙：我告诉诸位，所有的老太太都是小姑娘变的，所有的老头子都是小伙子变的，人生这个过程很不容易，人生的会合更是不容易。今天我来，很大程度上是响应了易中天的召唤。（全场笑）

易中天：不是让您说我。

文怀沙：到了上海，我就想起一些旧事。20多年以前，上海人民广播电台播出了一个节目叫"纪念死去的文怀沙"，节目播出以后，我的一个哥哥就到电台去抗议，当时那位误以为我过世而做了这期节目的编辑面临着被"炒鱿鱼"的危险。我为这个事情很不安。报道这个事情的人实际上是听了外国电台胡说我被迫害而死，信以为真，他的错误是轻信。根据马克思与女儿的问答,最可原谅的缺点是轻信。(全场笑)因此,他不是谣言的制造者,他带着沉痛的悲情来报道我死亡的消息,这样就招来了我的家人对电台的抗议,也招来了许许多多对我的悼词、祭文、挽联等等。(全场笑)

易中天:不过今天您用雄辩的事实证明,这是谣言。(全场大笑,鼓掌)而且,我相信您老如此博大胸怀,不忍心让我一直在这儿站着。(全场大笑)

文怀沙:我再讲两句吧。(全场笑)易中天是我在《百家讲坛》里头最喜欢的一位比我年轻的学者。(全场笑)我遵循屈原的指示,终身奉行八个字,"年岁虽少,可师长兮",就是向未来学习,向比自己年轻的人学习。这个向年轻人学习,不是说他穿开裆裤,我也学习他穿开裆裤,而是要有选择的。经过在年轻人中很严密的选择,我选来选去,现在《百家讲坛》里我就选了易中天。(全场笑,鼓掌)

易中天:文怀老是在夸我呢,他说他不选择"开裆裤",而选择我这条"牛仔裤"。(全场鼓掌)

(三位嘉宾演讲结束后)

有三鹿牌的,也有三元牌的

易中天:谢谢张越,非常精彩! 但还不能让你歇着。

张越:还有活儿?

易中天:现在我们要进入讨论环节。(全场笑)文怀老有一个观点:历史上有名的女人分两种,一种叫美人,一种叫佳人。美人和佳人的区别在于美人爱的是英雄,或者说英雄爱的是美人,英雄美人是一对;佳人爱的是才子,才子爱的也是佳人,才子佳人是一对。一种是美人,一种是佳人,请问你认为你是哪一种人?(全场笑,鼓掌)

张越:我要非得说我是美人,恐怕现场观众不同意,我要

非说我是佳人，连我自己都不敢同意。要不您看着办？（全场笑，鼓掌）

易中天：其实你刚才演讲的时候已经给自己定位了，你是一个媒体人，简称"媒人"。（全场大笑，鼓掌）媒人有一种职业观念，就是把事给弄成了，至于这两人合适不合适，将来能不能一起过日子，他是不管的。现在的一些媒体也有此类问题，就是把一件事弄得有人看就行了，至于看了以后观感如何，就不管了。

刚才文怀老说了，媒体人最大的本事就是做标题，我就想起我自己的一个遭遇。那个时候有一档电视节目叫"好男儿"，跟我八竿子打不着，你们看我像好男儿吗？（全场笑）突然，有一家媒体来了个通栏标题，"易中天加盟好男儿"，大粗黑字，下面有一行很小的字，"正在积极联系中"。（全场大笑）要知道，看报的人是很少去看那行小字的。

张越：这就是您刚才说的，用了机械，就想做"机事"，做"机事"就是因为有"机心"。最后，有的人没学到良心，倒学了"机心"。

易中天：那么你觉得媒体人能不能简称"媒人"？

张越：也不能全部称为"媒人"，其实有很多非常好、非常负责、非常有担当的媒体人，让我尊敬的同行。

易中天：确实是，我也是这样认为的。我的观点就是，媒体就像奶粉，有三鹿牌的，也有三元牌的。（全场笑，鼓掌）文怀老,您喝牛奶吗?

文怀沙:我不太看牌子。我也不知道我喝的是哪个牌子的。他们给我吃什么我就吃什么。(全场笑)

易中天:您平时喜欢哪一类的媒体报道?如果您觉得业余主持人的提问不靠谱,可以不回答。(全场笑)

文怀沙:随遇而安吧。(全场大笑)

诚实是有前提的,这个前提就是责任感

易中天:文怀老,您曾说过这么一句话,我印象很深刻,您说"法律讲证据,宗教讲良心",您认为媒体要讲什么?

文怀沙:媒体徘徊于二者之间。刚才张越讲了一句话很深刻,就是说这个人很诚实,但是如果诚实对他不利,他就可能说谎话。诚实要看对谁,有一个对象问题。兵不厌诈,你对待敌人就不能太诚实,你不能告诉敌人你的炮台在哪里。(全场笑)诚实不是愚蠢,是智慧到了某一种层次,诚实是一种性情。

易中天:那么诚实要服从于什么?

文怀沙:就是良心。

易中天:我想请问二位,媒体的良心是什么?

张越:一个是诚实,一个是善意,这两个最重要。

易中天:所谓诚实就是不能做假新闻?

张越:对,要客观地、均衡地、不能造假地、不负责任地做报道,而且做这些报道的时候要心怀善意。

易中天:怎样看待善意还是非善意?

张越:我觉得现状是,有的人在做这些事的时候没有想一想,是没过脑子的。现实中,人们生活的脚步特别快,人们的情绪很浮躁,我们也有自己特别期待的追求,这种东西以讹传讹地就成为了"真理",比如刚才说的成功观,大家慢慢地就会觉得是真理,在这种价值观和急躁情绪的推动之下,常常是不自

觉地在做着某些事情。但是我觉得，作为一个媒体人，特别重要的一点是得动脑子，说话要负责任。

媒体有时会说一些套话，它在任何场合都可以随时拿出来应付场面，但是没有信息含量。所以我们常听到一些既没错误又无价值、说不说都可以的话。我们也会慢慢地习惯于说这些套话，因为这样省事。

有时候看电视节目，在报道完一个比较尖锐的问题之后，会出现这样的结尾，主持人信心百倍地说，我相信通过大家的共同努力，这个问题一定会得到很好的解决。我看到这儿就会很纳闷，此言的根据是什么？怎么解决？好多年都没解决的问题，怎么你一出来，一表态，一结尾就解决了呢？你要问他怎么一努力就解决了，他也不知道。他可能不知道这样的表达缺乏善意，这只是习惯，但是我觉得一个成年人应当学着对自己说的话负责任。

易中天：文怀老有话要说。

文怀沙：张越刚才讲的话揭示了一个关键问题，诚实是有前提的，这个前提就是责任感。

易中天：诚实的前提是责任感。

文怀沙：这个责任感往往是社会责任感，不仅仅是个人问题。有时候一个人，为了社会利益，为了对人民负责任，说了句看上去不诚实的话，但这是善知。我觉得善知往往比真知更重要。所以我说：盖凡大善智识，咸具大千慈悲，必含慕道沉痛。

发广大心，作普济愿，成功德业，证无上果。

这里解释一下"智识"吧，从生活中来叫知识，从书本里来叫学识，知识加学识并且提升到一个高度，成体系了，就叫"智识"，这是我自己下的定义。在一些事情面前仗义执言，是要有大勇气、大智慧的。

一切权利和责任都不应该是奢谈，首先要落实在每个人的具体生活里

易中天： 张越也有话要说。

文怀沙： 对，应该 Lady first（女士优先）。（全场笑）风景这边独好。（转向张越）

易中天： 且听张越说来。（全场笑，鼓掌）

张越： 刚才文怀老说诚实的前提是责任，是社会责任，而且这种责任的意义被提升到了很高的境界。实际上，在普通人的生活中，大多数情况下到不了那种程度。我想说，首先更重要的是个人责任，是自己对自己的责任，就是我能做到什么程度，我做事是否诚实，我工作是否努力，我待人是否诚恳，我心地是否善良。一个人先承担了个人责任，才好再谈社会责任。如果光谈社会责任而不讲个人责任，我担心会有其他的后果出现。我们只是普普通通的新闻工作者，我们需要的是先完成个人的责任，成全个人的善意，到那个时候，你就知道而且很自然地就承担了媒体的责任，表达了你对周围人的善意。（全场鼓掌）

文怀沙： 而今迈步从头越。说得很好。

易中天： 文怀老，您赞成？

文怀沙： 赞成。

易中天： 先要有个人责任，然后才能承担社会责任？

文怀沙： 这个不是先后问题。我有两句话：岂能尽如人意，但求无愧我心。这个责任感要使你无愧才行。要知道，社会的消极力量中最可怕的就是人无廉耻，没有廉耻就没有责任感，不害羞的人很可怕。屈原有四句诗："何昔日之芳草兮，今直为此萧艾也？岂其有他故兮，莫好修之害也！"人是会变的，现在变成"萧艾"了，"萧艾"就是错误。屈原也说，最可怕的是不要脸。我曾经把这四句离骚翻译成上海话：为啥从前香喷喷，今朝变仔臭烘烘；究竟毛病啥地方，问题出在勿要面孔！（全场大笑，鼓掌）

易中天：我比较赞成张越的观点，我也更强调一种个人责任。我觉得一个人如果连对自己都不能负责，怎么可能对社会负责，对国家负责，对民族负责，对未来负责，对下一代负责？拉倒吧！这就是古人说的"一屋不扫，何以扫天下"。现在很多

人说大话说惯了，说多了，说溜了，说顺嘴了，说大话都不用过脑子，说完就忘，一点责任感都没有。为什么古人从修身说起，先修身才能齐家，齐家才能治国，治国才谈得上平天下。如果连修身都做不到，什么都谈不上。

张越：刚才文怀老说的是耻文化，怕羞，怕让人笑话，这背后还有一个问题，如果没人笑话，没人看见的时候怎么办？是不是就可以为所欲为了？这是耻文化的一个缺陷。实际上耻的原则不能建立在脸重要不重要的基础上，重要的是你自己内心有没有一个准则，你做错事的时候自己知道不知道为自己害羞。

易中天：也不是自己害羞的问题，

就是自己难受。

文怀沙：我们现在讲自由不是一个空泛的、无边无际的东西，雨果讲过一句话，你要知道巨人有多高，就去量他手指的一个关节。因此自由不是奢谈，其他的一切权利和责任都不应该是奢谈，首先要落实在每个人的具体生活里。没有个人哪有集体呢？

易中天：对，没有个人哪有社会，没有个人哪有天下。

这个困难的冬天将会过去，我们面对的将会是"春蕾一绽更精神"

张越：所以说到今天的主题，最重要的还是我们要建立起自己内心的法则，你是否有所敬畏，你是否心怀善意，你是否持守良知。可能这样才能够谈到我们的社会责任和我们的职业责任。

文怀沙：从这个意义上讲，王阳明没有过时。

易中天：我倒是觉得墨子更没过时。在汉武帝以后两千多年的思想发展过程中有一个很不好的事情，就是丢掉了墨学这一块，还包括和墨子截然对立的杨朱那一块。

刚才我们讲的每个人首先要对自己负责，这其实就是杨朱的思想。而墨子的观点就是你爱别人，别人一定也会反过来爱你。

文怀沙：敬人者人恒敬之，爱人者人恒爱之。

易中天：助人者人恒助之，误人者人恒误之。

文怀沙：儒家就和他对立了，要讲亲疏远离。

易中天：对。墨家就讲你帮助了别人，别人也会反过来帮助你，你害别人，别人也会反过来害你。这就有了两个选项，一个是双赢，一个是双输。墨子提倡的是双赢。后来儒家的问题就出在把义和利截然对立起来，就是只准讲道德，不准讲权益，这是有问题的。

文怀沙：王何必曰利，亦有仁义而已矣。

易中天：对。我们今天面临着金融风暴，如果仅仅空喊道德，我认为是不顶用的。就像这次三鹿奶粉事件有一个很重要的教训，最后垮掉的是谁？是三鹿自己。这个账我们要认真地去算，不要害人，害人、搞行业潜规则，终有一天毁掉自己。媒体也是这样，你说我一个小媒体，做一点假新闻好像不要紧，那么你也做，我也做，他也做，最后垮掉的是整个行业。所以在讲道德的时候，我是主张按墨家的观点同时也讲利。

文怀沙：那么杨朱是你不赞成的？

易中天：杨朱是我赞成的。

文怀沙：杨朱说，"拔一毛而利天下，不为也"。

易中天：但是杨朱还有一句话，"悉天下奉一身不取也"。他的意思是说，你让我拔一根毛去救天下，我是不干的，你把天下人的毛都收集起来肥自己，这是不可取的，所以他对此的办法就是一毛不拔。

文怀沙：有点像甘地的不合作运动。（全场笑）

易中天：他是强调每个个体利益的，如果每个个体的利益不能得到保障，天下人的利益也是不能得到保障的。

张越：发生金融海啸啊，奶粉事件啊，这样的时候，其实人

的内心特别困惑，是最需要稳定和安慰的时候。在这样的时刻，一个善意的媒体是能够给人带来一些安慰的，但是有时候我们也起到了一些反作用。我在采访中碰到的一位农村妇女对我说，她都不敢看电视节目，看完电视节目里的人的光鲜

生活奢侈生活，她会觉得自己不配活着。如果我们干了许多工作，最后让公众产生这样的想法，那我们真的有点……

文怀沙：不算成功。

张越：真的不算成功。所以我们必须有所反省，我们能给别人多少善意，能给别人多少安慰，能给别人多少力量。

文怀沙：如果讲真话的前提是不伤害个人利益，这是懦夫都可以做到的。"仁者必有勇"，仁者必须要有勇气，没有勇气是难以坚持真理的。（全场鼓掌）

易中天：女士们，先生们，刚才文怀老说得非常好，仁者是需要有勇气的，而在今天，在这个不平凡的 2008 年年底，我们确实需要一份勇气和信念。

在这个不平凡的 2008 年将要结束的时候，今天我们三位共同表达了我们的观点。如果分散开来，我们三个人的发言可以概括为三句话，那就是文化的良心、思想的敬畏、媒体的善意。如果整合起来，我觉得就是一种悲悯情怀。

这就再次让我想起了那首送给文怀沙老先生的诗，他的诗最后说到了悲悯。诗中有一句话，"心悲秋草零"。诗文接下去是：

心悲不是畏天寒，寒极翻作艳阳春。艳阳之下种桃李，桃李芬芳春复春。哲人畅晓沧桑变，一番变化一番新。如今桃李千千万，春蕾一绽更精神。（全场鼓掌）

我刚刚在报纸上看到这样一条消息，胡锦涛主席出席二十国集团金融峰会，提出了我国政府的主张，这就是，建立公平公正、包容有序的国际金融新秩序。我想，有这样的一种主张，当这样一种主张得到实现的时候，这个困难的冬天将会过去，我们面对的将会是"春蕾一绽更精神"。（全场鼓掌）

（原载《解放日报》2008 年 11 月 21 日第 17 版，尹欣、吕林荫、张航、林颖、陈俊珺 整理 张春海 摄影）

点评

能够被体悟的人文关怀

解放日报报业集团

党委书记、社长　尹明华

　　刚才,三位嘉宾的演讲和对话十分精彩,让我们对他们表示敬意和感谢!

　　所谓人文关怀,不仅仅是一种信仰理想、一种思维方式、一种价值取向和一种审美情趣。作为媒体,我们面向社会,面向民众,面向生活,在对传播对象和传播需求的理解中,我们认为人文关怀还应更多地体现为一种具体的、琐碎的、每时每刻与我们每个人生活状态和心灵感受有关的东西,亲切、温馨并能被随时触摸可感。确切地说,是一种能够被切身体悟的人文精神。

　　无论我们有多么崇高的理想和远大的追求,我们首先需要被所处环境平等地对待。任何人的任何行为，都能被同一规则要求和约束，大家所享受的自由和受到的制约应该是一样的。譬如，我们不希望在生活的队列中，会出现一些目空一切又让人奈何不得的插队行为，因为它会让所有守秩序者认为，自己在被不平等地对待。我们希望城市中所有规定不准停车的地方，不应该有特殊的照顾安排；而那些已经为老弱病残者划定为照顾安排的座位，又能够始终保持它应有的归宿。我们不愿意在驾车等待红灯翻绿放行的时候，会有不明身份的特殊车辆从我们身边傲慢地疾驶而过，它会让我们感到不平等的存在，并且无法追问其发生的理由。人文关怀告诉我们，类似这种现象应该得到改变。因为每个人的生命时间是一样的有限和宝贵，没有人可以无理由地凌驾于他人之上，这是人文关怀的核心精神。

假如说"平等"这个用词有点严肃，那么我们需要被友好地对待。这不仅仅是指态度和表情，更多地将决定于我们对行为的选择以及对行为结果的认识。我们希望早上健身的音乐不致声响过大而惊扰许多年轻人的梦乡。在雨天，我们希望遇到旁边有行人时，驾车者能够放慢车速，以避免溅脏行人的衣服；人行道上松动的砖块能够及时得到修补，让行人的裤脚能与晴天一样保持干净。我们知道生活中不可能没有拥挤，但是却希望上下班地铁中不可避免的是有序的、文明的、安静的拥挤。我们知道生活不会一切尽如人意，更何况我们正处在一个变化很大并且越变越好的时代。我们只是希望在变化不断的道路设施改建和限速要求到来之前，能够有提前告示从而尽可能减少无意的犯规犯错。我们还希望要求禁烟的地方不会闻到烟味，需要安静的地方没有大声喧哗。

我们还希望能够被诚信地对待。遵守契约并且保持相互信任，是社会稳定和谐的基础。弄虚作假地追求利益最大化，损人利己地中饱私囊，凡此种种让人们在正常交易和交往中产生戒备心理和不安全感的行为,理应受到社会舆论的监督和鞭挞。人们有理由要求喝干净奶、吃健康蛋、用清洁水。在今天这个时代,并非一切都需要改变,或者并非一切不要改变。我们需要一些勇敢,改变可以改变的;我们需要一些坚强,接受不可改变的;我们需要一些智慧,能够正确地辨识这两者,以保持在变化时代的平衡。

我们知道,日内瓦至今最高的建筑仍是一座37.5米的教堂,几百年以来,政府成员不断更迭,但却始终坚守城市建筑这一限高标准;今天,堪培拉的城市状态也完全遵循了数百年前的规划要求。这是这些城市坚守的一种精神高度。每座城市可以有不同的精神高度,问题是如何坚定地把它做得充分。如果我们能在平等、友好或者诚信等某一方面做好了,就能让人体悟到这座城市内在的、独特的、不可复制的一种人文精神的关怀。当然,人们善良的愿望也会遭到选择性困惑,譬如我们在街道路旁遇到乞讨的双手给出的同情心的施舍,不知道是在救助贫困还是在支持懒惰。这说明,在对待人文关怀这个问题时,光有一颗善良的心是不够的。

人文关怀的良好氛围可以促进科学发展,科学发展的成果,又应该体现为人与环境的和谐共存。许许多多具体的、琐碎的生活事例告诉我们,假如有更多人能在更多时候、更多场合感受到更多的人文关怀,虽然那都是些微小的、感性的生活细节,但也一定是我们这座城市科学发展的结果。

(原载《解放日报》2008年11月21日第20版)

侧记

人文关怀的当代命题

"我们三个人的发言可以概括为三句话,那就是文化的良心,思想的敬畏和媒体的善意。把它们整合起来,我觉得就是一种悲悯情怀。"当解放日报报业集团第十九届文化讲坛的嘉宾主持易中天如此精辟点评嘉宾演讲内容的时候,不少观众笑了,会心而笑,且有所思。

在昨天的文化讲坛上,文怀沙、易中天、张越,以各自深邃的思考、精彩的表达,阐述了他们对于人文精神在今天这个时代的理解:从生命的感悟出发,文怀沙崇尚文化的"善理";从历史的纵深寻求,易中天喟叹"敬畏"对于"关爱"的意义;从职业的角度切入,张越坚持媒体的"善意"。这,确如主持人所说是一场充满情怀的讲演。

　　这样的情怀,努力寻求的是台下观众的共鸣、当然更是这个时代的共鸣。因为,以"人文关怀与科学发展"为主题的本届文化讲坛所聚焦所思考的正是——人文关怀的当代命题。

文怀沙:文化的良心

　　98岁的文怀沙,鹤发,银须。当他挂着拐杖从座位上站起,走向演讲台时,台下掌声一片。"就坐着说吧",一位观众脱口而出。而此时,文怀沙已端端正正地站在演讲台后,向观众深深一躬。

　　"诸位朋友,我生于19××年,而今天诸位在座的几乎全是19××年生的。我感到很亲切,因为我面对的都是我的弟弟和妹妹,都是19××年生人。"幽默、风趣,成就了一个精彩的开场白。此后的60分钟里,文怀沙引经据典,妙语如珠,忽而说起家乡话湖南方言,忽而一口正宗"上海闲话",给500多位观众带来了太多惊喜。

　　说"良心",文怀沙别出心裁用了"善理"这个词。在文怀沙看来,"善理"源出于责任,对社会、对他人的责任。人们在追寻

真理的时候,还应该坚持一个"善理"。他认为倘若一个人没有羞耻之感,那他就是世界上最可怕的人,"知耻,才会给自己立道德的尺戒。人无廉耻百事可为。一个人要是不害臊,就一点办法也没有了。"

　　论"国学",文怀沙从

自身感受出发，为当前的"国学热"指点一二："国学热要有一个度，还有一个继承什么的问题。不能凡是旧东西都继承。"对于现在有人让儿童背诵四书五经，文怀沙直言"反对"："我们小时候吃过的苦又让现在的年轻人吃，我反对。有个词叫'继往开来'，继什么'往'开什么'来'，要有选择。我认为'继往开来'应和'奇光异彩'结合在一起，奇光之往应继，异彩之来应开。"

话"年老"，文怀沙笑称自己是一个"不得安闲的老头"，但从未意识到自己是个老头。"一滴水怎样才能不干涸？滴到海洋里去。人老了以后怎样迟缓衰老的步伐，使自己活得更年轻？唯一的办法就是拥抱青春，'青春作伴好还乡'。"在文怀沙看来，长者最可怕的就是倚老卖老，因此他奉行屈原的教诲，"年岁虽少，可师长兮"，也要懂得向比自己年轻的人学习，向未来学习。

易中天：思想的敬畏

在本届文化讲坛上，易中天既是嘉宾，又是主持。做主持，他自称"不靠谱"，提问刁钻，反应奇快，但却常常刹不住文怀沙先生的"车"；做嘉宾，易中天当然驾轻就熟，行云流水。

近日正在百家讲坛讲"先秦诸子，百家争鸣"的易中天，昨天在文化讲坛上正是以遥远的诸子百家为开端，却又紧扣当下热点："最近最热的一个词大概就是'救市'，而在两千多年前的春秋战国时期，礼崩乐坏，于是也有一个需要——救世。先秦诸子就是出来救世的。"随后，易中天逐一剖析诸子们的"救世方案"。

"第一个提出来的就是儒家，也就是孔子。孔子认为我们的政治、社会之所以出了问题是因为没有爱。他提出的办法就是讲爱，也就是'仁爱'。所谓'仁爱'就是首先爱自己的父母、兄弟、子女，然后推而广之爱别人的父母、兄弟、子女，爱天下人的父母、兄弟、子女，如果世界充满了爱，就不会乱了。而墨子说，你这个药方不灵，天下之所以大乱确实是因为不爱，但是这种不爱不是表现为下级不服从上级，而是表现为弱肉强食。所以墨子说'兼爱'，不能有等级的爱，不能说最爱国君，最爱天子，最次的爱给人民不行，你必须是同等的爱。"

易中天总结说，儒、墨两家有一个相同的思想，就是没有关爱是因为没有敬畏。儒墨两家都讲敬畏，儒家讲畏天命，墨家说要敬鬼神，所以他们都主张关爱，都主张敬畏，他们认为没有敬畏就没有关爱，没有关爱就没有信任，社会的、政治的、经济的各种链条就会中断。

对于本届文化讲坛的主题"人文关怀与科学发展"，易中天思考得深刻，解释得通俗："所谓'人文关怀'，在我理解就是要让每个人都过上幸福的生活。我也一直在思考一个问题——什么是科学发展，为什么要讲科学发展。我们以前讲'发展才是硬道理'，现在讲'科学发展'，我的理解是这样的：发展才是硬道理，但是我们要思考为什么要发展，发展的目的是什么。我个人理解，发展的目的是为了每一个人的幸福。这就是以人为本，这就是人文关怀，而在这个人文关怀背后我们体现出来的精神就是科学发展。'科学发展'是针对不科学的发展而言的，而不科学的发展有一个明显的特征就是无所畏惧，什么都敢干，没有敬畏怎么会有科学发展？"

着眼当前的金融风暴，易中天坦言道："作为一个人文学者，要我提出什么办法来，我是提不出来的。我只是希望大家能借此机会反思一下我们的发展，反思一下我们在发展中有没有失去敬畏的地方，从而检讨我们有没有不科学的地方，以便我们将来能够更好地实现人文关怀和科学发展。"

张越：媒体的善意

张越被易中天戏称为"媒人"——媒体人，简称媒人。

这位央视著名"媒人"，尽管脸上总带微笑，但内心却并不轻松。因为，这位崔永元眼中的"央视女侠"，身感媒体人的责任重大。

"我们职业的特质是向这个世界传递信息，而信息是可以转化为能量的。我经常跟同事讨论，编片子的时候这些镜头怎么用。当你表现一组很刺激、很血腥的镜头时，可能收视率也上去了。但是你怎么知道这些段落在什么时间、什么地点，会在某个观众身上引发什么样的后果？这是太有可能的事情了。我们释放那么多信息，我们怎么能不慎重？"

秉持着这种职业的慎重，张越时常对自己所处的媒体生态有所审视。首先，她指出了当前某些媒体人的一些"症状"，对此她引用了一部动画片的名字来形容——没头脑和不高兴。"'没头脑'不是指娱乐节目。好的娱乐一定是有头脑的，而我说的'没头脑'总的来说就是思想贫乏，人云亦云，空话和套话一大堆。下笔千言，张嘴就说，当媒体呈现太多这样的症状时，我们就会让人没法尊重。"

同样，张越的"不高兴"也并非指批评报道。她对媒体人

"不高兴"症状的解释是,胸怀不够宽广、态度显得片面。比如,有时报道一件事情是根据自己的好恶,而不是根据事实全面均衡地报道,是根据自己的价值观立场来判断,来报道,不够客观不够公允。针对这样的一些状况,张越的主张是,"媒体人如何进行心灵建设,让我们的心灵健康起来,这是很重要的"。

在张越看来,媒体站在什么立场上对待生命是非常重要的事。而现在的媒体报道中有时会出现一些比较功利主义的倾向,对此张越明确地表示了自己的批判,继而提出了改变这种倾向的建议:媒体应该展现真实的人生,真诚的人性和真正的温暖。

正是缘于此,在本届文化讲坛上,张越大声疾呼"坚持媒体的善意":"我说的'善意'不是指客气,不是满脸堆笑讨好所有受众。'善意'是指人内心的诚实、负责任、担待和体谅,是指面对世事的理解,面对生命的尊重和面对生命之上更高准则的敬畏。"从职业的角度切入,谈论自己对于"人文关怀与科学发展"的理解,张越词真意切,于具体中见深意:因为媒体人通过媒体"影响人们的情趣、知识、观点,影响他们对自己、对世界的认识,而且影响他们的未来",这是一种令人敬畏的力量。

（原载《解放日报》2008 年 11 月 18 日第 5 版,
曹静、黄玮 采写 张春海 摄影）

访谈

FANGTAN

重返,是为了新的探寻

——独家对话易中天

因"品三国"而广受瞩目的厦门大学教授易中天近日重返央视《百家讲坛》,开讲《先秦诸子·百家争鸣》。

日前接受《解放周末》独家专访时,易中天向记者吐露心声:解读诸子的思想精髓,并着眼于百家争鸣的历史过程,是因看到中华文化的遗传密码深藏其中。探寻这座思想与文化的宝库,对继承中华文化的核心价值,塑造民族的文化心理,促进和谐文化建设,都有着重要的意义。

重返,不是为了"英雄救美"

● 媒体有"三元",也有"三鹿",个别媒体会添加一点"三聚氰胺"。

● "三国"我恐怕不会再讲了,我不会在一个地方留住。

解放周末:这次您重返《百家讲坛》,有媒体称,这是您在

"救市",拉住《百家讲坛》收视下滑的势头。

易中天：哈！媒体的话不能全信，要做分析，要看是"三元"媒体还是"三鹿"媒体。三鹿奶粉里面有三聚氰胺，三元奶粉没有。媒体也有"三鹿"和"三元"。"三元"媒体是主流，"三鹿"媒体是个别的，但影响不可低估。有人说不能把假新闻称为"三聚氰胺"，因为死不了人。不错，没有哪个读者会死，但媒体的生命却很危险，因为真实是新闻的生命。

当然，"救市说"不能说是"三聚氰胺"，但确实是没有依据的说法，至少是"想当然"。据我了解，《百家讲坛》的收视率一直是平稳的，至少没有大幅度的波动。而且，据我所知，今年一季度《百家讲坛》的综合排名和观众满意度还是科教频道的第一名。

解放周末：这么看来，"救市"之说并不成立？

易中天：即便出了什么问题，也没人能立马救得了，来不及嘛。况且，这个专题我一年多以前就开始准备了，怎么可能在一年多前就"神机妙算"，算到这会儿"美人"要出事，去"英雄救美"？

解放周末：易中天不是诸葛亮。

易中天：对啊，我没什么锦囊妙计。实际上，《品三国》以后，《百家讲坛》栏目组一直在跟我谈下一次的合作问题，谈了挺长时间。当时我觉得很累，想休息一下，一个人总在聚光灯下面生活很郁闷。

解放周末：最后是怎么决定"重出江湖"的？还选定了《先秦诸子·百家争鸣》的主题来讲？

易中天：去年夏天，我与一座城市的市委常委、宣传部长聊天时，那位部长问我，你们讲传承中华文化，弘扬中华文化，那么中华文化的核心价值是什么？中国人的文化心理是怎样塑造的？这个问题触动了我。

解放周末：一次很偶然的发问，启发了您去思考、去探寻。

易中天：对，我在思考之后发现，中华文化的核心价值也好，中国人的文化心理也好，文化性格也好，要回答中华民族的人文精神到底是什么，必须到一个地方去找答案，那就是先秦诸子的百家争鸣。我认为，我们现在的文化性格就是从西周开始形成，经过春秋战国时代的百家争鸣，再到汉代逐步定型下来的。我们现在的很多行为、思维方式，能在那里找到根据、影子。

解放周末：就像您说的，"品诸子"正是为了探寻中华文化的遗传密码。

易中天：对。而且这件事情应该去做，应该有很多人去做。

解放周末：但是很多读者希望您再度品评三国，把上次未能一网打尽的内容再解读一番。

易中天："三国"我恐怕不会再讲了。我说过，我是一个"土匪"，而且是"流寇"，我不会在一个地方留住。当然，"坐寇"呆在一个固定的地方，我也不反对。（笑）

百家争鸣，是中国思想史上的奥林匹克

- 儒家关注文化，留下的是仁爱、正义、自强。
- 墨家关注社会，留下的是平等、互利、博爱。
- 道家关注人生，留下的是真实、自由、宽容。
- 法家关注国家，留下的是公开、公平、公正。

解放周末：《先秦诸子·百家争鸣》共有几讲，您是怎么安排的？

易中天：一共会讲36集，分成六部，《实话孔子》、《儒墨之争》、《儒道之争》、《儒法之争》、《前因后果》和《继往开来》。我

打算前四部交代清楚百家争鸣"是什么";第五部要回答"为什么",即春秋战国时期为什么会有百家争鸣;第六部是回答面对这么宝贵的文化遗产,我们该"怎么办"。

解放周末:这是一个循序渐进的"解密"过程。通过六部三个层面的表达,您想传达什么?

易中天:第一,春秋战国时期是我们中华民族的黄金时代。第二,先秦诸子的百家争鸣是中国思想史上的奥林匹克。第三,他们的思想争论和碰撞留下了极其宝贵的思想文化遗产。

解放周末:为什么说百家争鸣是"中国思想史上的奥林匹克"?

易中天:我这次重读先秦诸子,主要系统地读了儒、墨、道、法四家,儒家的孔孟荀,墨家的墨子,道家的杨朱、老、庄,法家的韩非,共八个人。讲的也是这四家八个人的思想观点。在我看来,这四家学说的核心问题就是两个:一个是如何治国,一个是如何做人。后世关注的也是这两个问题。

我有一个发现,就是诸子思想的交锋其实在于他们对社会的关注点不同。儒家关注的是文化,留下的是仁爱、正义、自强;墨家关注的是社会,是站在社会层面上看问题,留下的是平等、互利、博爱;道家关注的是人生,更关注个人,留下的是真实、自由、宽容;法家关注的是国家,主张"以法治国",留下的是公开、公平、公正。

解放周末：这 24 个字的概括，就是您探寻到的"遗传密码"么？

易中天：还只能说是"宝贵遗产"。"遗传密码"则有待于进一步探寻，那是努力方向。不过节目里面已经有了些影子。

解放周末：之所以称之为"奥林匹克"，是否因为这些不同的"关注"，不同的"留下"，以及不同的争鸣焦点？

易中天：这正是其中一个很重要的方面。

探寻之路，累并快乐着

● 儒家主张仁爱，就是"不平等地爱"，墨家主张兼爱，就是"平等地爱"，结果都没人执行，这才出来了道家，道家说，那就"不要爱"。

● 为什么要有秩序？这个问题墨子答得最好，他说是为了天下人的幸福。

解放周末：在这次探寻的过程中，您有许多新发现吧？

易中天：非常多。我觉得这次重读诸子的过程，是累并快乐着。累是肯定的，一年多时间基本处于"闭关"状态，探寻的过程是非常艰辛的。快乐当然是因为有非常多的新发现。我在这段争鸣史中发现了一些很有趣的现象，比如主张平等的最后走向了集权，而主张不平等的走向了革命。

解放周末：怎么说？

易中天：我们都知道，儒家是维护等级制度的，强调君君、臣臣、父父、子子，君臣父子是不平等的。这是一个很不好的思想，是要批判的。墨子是主张平等的，他主张有能力的上，没能力的下，"官无常贵而民无终贱"，你不能说一个人是贵族就永远是高贵的，是平民就永远是卑贱的，还要看你的能力。但是发展下去的结果却是墨子主张集权。为什么会这样呢？因为平等以后就出现了一个问题。

解放周末：该听谁的问题。

易中天：对啊，都平等了，那么谁说了算呢？墨子说，一人有一义，十人有十义，百人有百义，人人都认为自己对别人不对，那就天下大乱，"若禽兽然"，这就变成"动物世界"了。这样不行，怎么办呢？村民意见不统一就听村长的，村长意见不统一就听乡长的，乡长意见不统一听国君的，国君意见不统一听天子的，最后还是听一个人的。这就成了中央集权加专制独裁，加神权政治，加特务组织。

为什么这样讲？因为墨子讲了，一个人在地方上干了好事或者坏事，家里人不一定知道，乡亲们不一定知道，但是天子知道，天子直接下命令奖励或者惩罚。大家都说，天子真是神啊！墨子说天子也不是神。那天子怎么知道的呢？因为有人告诉他。墨子就写到这儿为止了。我就要问下去了，是谁告诉天子的呢？恐怕只能解释为特务了，有人为他做耳目，相当于后来的东厂西厂锦衣卫。当然也有可能是发动每个人主动地去告发。

解放周末：那就更可怕了。

易中天：是的。再看孟子，他主张一个君主不合格可以罢免他，在这里，儒家反倒主张革命，主张实行问责制了。孟子还设了圈套去问齐宣王，如果你有一个朋友，你出差了，把老婆孩子托付给他，回来以后发现老婆孩子没吃的没穿的，这样的朋友你打算怎么办？齐宣王说，绝交啊。孟子说，如果你手下有一个官员，你把一个地方交给他治理，他治理得一塌糊涂，怎么办？齐宣王说，撤职啊。孟子又问，一个国君把一个国家搞得一塌糊涂该怎么办？齐宣王怎么回答？这就是那句著名的成语了——王顾左右而言他。

解放周末：这种现象很值得琢磨。

易中天：是的，非常有趣。又比方说，道家是主张无为的，为什么呢？因为儒家和墨家都是主张有为的。儒家主张"仁爱"，就是"不平等地爱"；墨家主张兼爱，就是"平等地爱"。结果儒家那个"不平等地爱"没人执行，墨家那个"平等地爱"也没人执行。这才出来了道家，道家说，那就"不要爱"。

道家认为，社会为什么会出问题，就是因为你们觉得要有秩序，就人为地去设计秩序，代天立法，却忽略了天道自然。庄子说"上如标枝，民如野鹿"，统治者、领导人应该像树叶一样在树的最高端待着，老百姓就像野鹿一样在下面跑来跑去，天下就太平了。道家这种主张的结果是什么？就是无政府。

解放周末：那也是行不通的。

易中天：无政府主义当然行不通。最后就出来了法家。法家也主张无为，也说领导人应该傻一点，越傻越好，千万不要多才多艺。因为你一多才多艺，下面的人就投其所好，天天跟你讨论绘画、艺术。法家就主张领导人无为。那国家谁来治理呢？就由法来治。法治就不是人治，法来治国，人就可以无为。这把无为的问题解决了。而且法一立了以后，所有人都依法办事，人人平等，墨子的平等问题就解决了。法治之后，天下太平，儒家追求的秩序也有了。所以最后法家成功了。

那是不是法家就是最好呢？不对。法家忘了一个根本问题，为什么要有秩序？法家的回答是为了君主的统治，这又错了。为什么要有秩序，谁回答得最好？墨子。墨子说，为了天下人的幸福。

解放周末：这样的分析的确很有意思，难怪您说这是"思想史上的奥林匹克"。

易中天：所以说其乐无穷。

面对古代思想文化遗产，当以平等的眼光去看待

● 我讲百家争鸣就是要提倡一种精神，就是面对古代的

思想文化遗产一定要以平等的眼光去看待。

● 我喜欢孔子的温和、孟子的霸气、庄子的洒脱、老子的理智、韩非子的冷静……诸子都有可爱、可取的地方,也都有不足的地方。

解放周末:这四家八人中,您有没有偏爱?

易中天:完全没有。我讲百家争鸣就是要提倡一种精神,就是面对古代的思想文化遗产一定要以平等的眼光去看待。我只能说我喜欢某人的观点或风格,而没有对某人的偏爱,否则我来讲诸子就会不客观、不公允了。

我喜欢孔子的温和,喜欢孟子的霸气,喜欢庄子的洒脱,喜欢老子的理智,喜欢韩非子的冷静,喜欢墨子的古道热肠,喜欢荀子的科学严密……在我看来诸子都有可爱、可取的地方,也都有不足的地方。

解放周末:在八个人当中,道家的杨朱过去很少有人讲。

易中天:杨朱可以特别提一下。杨朱平时人们谈得非常少,甚至哲学专业的学生都很少学,我这次重读杨朱还真的发现了不少新的东西。

我发现杨朱在历史上被妖魔化了。过去,杨朱的观点就被总结为四个字,"一毛不拔"。杨朱有句话说,"不以天下大利易其胫一毛"，就是说为了天下的大利，他拔小腿上的一根毛都不干，大家就说他极端自私。其实这是对杨朱的误读。至少有三点可以说。第一点，杨朱主张平等，他不是自己一毛不拔，所有人都可以平等地一毛不拔。第二点，他还有一句话，"悉天下奉一身不取也"，意思是说，不能够把天下所有东西都拿来给一个人，实际上他是针对当时的统治者"忽悠"大家都贡献一根毛出来，他都拿去归自己。这样的话，那我就"一毛不拔"。他是有针对性的。第三点，他主张天下为公，杨朱的基本观点是一毛不拔与天下为公的统一。他反对"横私天下"，就是反对蛮横地霸占天下，主张"公天下"，实际上他主张的是每个个人的利益都得到保护。这些都是我在《列子·杨朱篇》里发现的。

重读诸子，第一受益人是我自己

● 荀子说："天行有常，不为尧存，不为桀亡。"这其中就有科学发展的意思。

● 墨子说，你爱别人，别人就爱你，你害别人，别人就害你。这就是双赢的思想。

解放周末：看来，这次讲《先秦诸子·百家争鸣》，让您对诸子有了很多新认识。

易中天：可以说，这次重读诸子，第一受益人就是我自己，我发现我们的先哲真是太了不起了。比方说我们现在讲科学发展，我就发现荀子的思想中就有这个意思。荀子的《天论篇》里说："天行有常，不为尧存，不为桀亡。"就是说自然界有自然界的运行规律，人类社会有人类社会的运行规律，人类社会的治乱兴衰与自然现象是没有关系的。这非常科学。他说日食、月食都是自然现象，天旱天雨也是自然现象。当然，古时候月食时人们敲锣打鼓，要把天狗敲走，把月亮敲出来，可不可以？

可以，以此表达心意。天不下雨，人们以舞蹈的方式去求雨，也可以。但别真以为那么做就能把月亮敲出来，把雨求下来。荀子说，我们只能从天那里知道，它有四季，什么时候会下雨，什么时候会出太阳；我们可以从地那里知道哪些土壤适合种植哪些农作物，然后就顺着自然的规律去生产，我们就能富足，不要违抗自然的规律。

解放周末：这就是讲人与自然的关系。

易中天：还比方说我们现在讲双赢。那天我与龙永图先生对话，他问现代社会提倡的双赢在传统文化中有没有，我说有，在墨子那儿。墨子说，你爱别人，别人就爱你，你害别人，别人就害你。你为什么要做害人的事？你害人的结果是别人也害你，是双输。你为什么不去做对别人有利的事情？你这么做，别人也会对你有利，这就是双赢。但是，由于汉武帝的独尊儒术，使得墨家、道家、法家当中的一些宝贵的文化遗产被我们忽略了，现在应该去重新寻找。

解放周末：这也是您选择"重返"的原因所在吧？

易中天：正是。这都是一些新的发现。所以最大的受益者是我自己，而且我很愿意把这些发现与观众、与读者分享，共同为我们伟大的祖先而自豪。

解放周末：记得上次接受我们专访时，您开玩笑说，现在的社会是"各领风骚三五年"，但自己没准就是一条经久不衰的"牛仔裤"。听说您再登《百家讲坛》，我们立刻想到了您这个比喻。这次再度开讲，是否为了证明自己确实如此？

易中天：呵呵，是否证明我是那条经久不衰的"牛仔裤"并不重要，重要的是证明我们中华文明的遗传密码始终存在着，并具有恒久的魅力。

一方面是人民群众对传统文化的兴趣和需求跟以前大不一样了，另外一方面随着我们国家在国际社会的形象树立，加上我在国外走了一下，普遍地感受到应当去寻找一下中国文化的遗传密码了，应该寻找我们中华文化的核心价值。如果这个探寻过程恰巧使"牛仔裤"更经久不衰一些，那也挺好。不过，即便能够证明我这条牛仔裤是经久不衰的，它不也就是一条牛仔裤吗？和中华文明比起来，微不足道得很呐！

先秦诸子的思想之井是取之不尽的，关键是要有人去发掘

● 一个民族之所以成为一个民族，主要是靠文化。文化存则民族存，文化亡则民族亡。

● 一个民族要靠文化的什么去把民族凝聚起来？靠核心价值观，靠文化的灵魂。

解放周末：先秦诸子的思想遗产对现代人的生活、对人们的文化认知产生哪些启示？

易中天：一方面可以增强我们民族的自豪感和凝聚力，因为一个民族之所以成为一个民族，主要是靠文化。这是我的一个基本观点，文化存则民族存，文化亡则民族亡。比方说犹太人，一度失去祖国，流散在世界各地，但是他们的文化没有丢，所以他们的民族依然存在。另一个方面，一个民族要靠文化的什么去把民族凝聚起来？靠核心价值观，靠文化的灵魂。

解放周末：您这次要解读的，正是文化的核心与灵魂。

易中天：我们现在正在着力实现中华民族的伟大复兴，实现祖国的和平发展，我们必须要有文化上的依靠，这必须是我们本民族的文化核心，而且它又必须是在今天仍有生命力的，能够与全人类普遍追求的价值接轨的。

比方说孔子讲的仁爱，我就觉得它具有全人类的价值。因为孔子的仁爱包括三个部分，第一个层面是"亲亲之爱"，就是

易中天 著

帝国的惆怅

中国传统社会的政治与人性

爱自己的亲人，这是仁爱的人性基础，是不需要教育的，任何做母亲的都天然地爱自己的孩子。第二个层面是"恻隐之心"，就是不忍心看别人受苦受难，悲悯情怀，在这次汶川大地震之后已经充分地表现出来了，这也是全人类共通的。第三个层面是孔子特别提出来的"忠恕之道"。所谓"忠"就是"己欲立而立人，己欲达而达人"。所谓"恕"就是"己所不欲，勿施于人"。"忠"与"恕"刚好一正一反，一积极一消极，而且消极的比积极的更重要。

"己所不欲，勿施于人"这句话已经被镌刻在联合国大厦的大厅之中了。1993 年世界宗教领袖大会对人与人、国与国、宗教与宗教、文化与文化如何和平共处，提出了两条"黄金原则"，第一条是把人当人，第二条就是"己所不欲，勿施于人"。实际上这两条是有关系的，正因为我知道自己是人，我也知道你是人，既然我们是一样的人，我不愿意的怎么能强加于你呢？

解放周末：这是把人当人的必然结果。

易中天：对。那么把人当人是什么意思？就是仁爱的"仁"。"仁"的本意就是把人当人。这样看来，孔子的"仁"不就是全人类的共识嘛，不正具有世界价值嘛。这样一种具有世界价值的观念，是我们自己的思想家提出来的，我们难道不应该弘扬吗？我们弘扬这样的观念、价值，一方面有助中华民族的伟大复兴，另外一方面，我们还可以更好地融入国际大家庭。

所以我就越发觉得这件事情的意义非常重大，其中蕴含了太多宝贵的财富。

解放周末：面对这些财富，现代人应当怎么办？

易中天：这就是我讲的最后一部分，如何去继承，继承些什么，继承下来以后要怎么去做。实际上，探寻是一个过程，我用我的眼光，尽我的力量。至少我自己先去趟一遍，踩个点。

解放周末：应该有很多人去探寻。

易中天：而且还应该不停地探寻。因为你每次去读，都会有新的感悟。也许我今后再去读，又会发现一些新的东西。用尼采的话说，它是一口永不枯竭的清泉，只要把水桶放下去，总能打上水来。

解放周末：关键是要有人去打。

易中天：对啊。人越多越好。

从讲"历史的思想"到讲"思想的历史"

● 我的那个所谓"风格"，不是设计出来的，也不是策划出来的、制造出来的，就是"原生态"，本来面目，是骨子里的东西，肯定不会变。

● 我还是努力地去讲一些故事，这些故事都是从诸子的著作中来的。

解放周末：听您讲了这么多，收获挺大。但我们又想到一点——您之前说三国，三国在我国有很好的"群众基础"，收视率有一定保证。但诸子百家对读者而言比较陌生，您担心它的收视率吗？

易中天：可以说有，也可以说没有。因为做一档电视节目，完全不讲收视率是办不到的。但是中央电视台对这档节目的要求是"讲收视率,但不唯收视率",更注重的是影响力。收视率这个东西,有一定的道理,它意味着群众的可接受度。虽然我不太去考虑收视率的问题,但是观众能不能接受,这个问题是不能不考虑的。

解放周末:怎么解决这个问题?

易中天:我还是沿用过去成功的经验,比方说,以熟说生。从大家最熟悉的人物和思想入手,来循序渐进地进行讲述。所以这个节目的第一部是从孔子开始,因为孔子是诸子当中大多数观众最熟悉的。另外在安排讲题的时候,仍然遵循电视节目的规律。电视讲坛类的节目有一个基本规则,就是单纯。线索一定要单纯,出场的人物不能繁多,一多观众就容易记不住。比如《实话孔子》的第一集只有两个人物,孔子和子贡。要到第二集差不多一半的时候子路才出现。然后冉有、颜回等人物才慢慢地出场。不过这样讲很费劲,因为不能编故事,必须《论语》里面有的。

把孔子讲完以后,第二部墨子才出场,然后孟子才出场,到了第三部《儒道之争》的时候,杨朱、老子、庄子才出场。这些比较熟悉的讲完之后,第四部商鞅、韩非才出场。单纯,枝蔓不多,这样观众容易接受。观众连贯地看下来,不会觉得吃力。

解放周末:还是您一贯的演讲风格吗?

易中天:风格肯定是不变的。因为我的那个所谓"风格",不是设计出来的,也不是策划出来的、制造出来的,就是"原生态",本来面目,是骨子里的东西。

解放周末:准备和录制的过程是不是比之前《品三国》顺利了一些?

易中天:从操作层面讲,确实更有经验了。但是具体执行起来是更困难了。

解放周末：难在什么地方？

易中天：你们刚才也提到了，《先秦诸子·百家争鸣》是个思辨性很强的话题，它跟讲历史是不一样的。讲历史还可以讲故事，讲诸子的思想就未必有故事可讲。但我还是努力地去讲一些故事，但是这些故事不是专门找来的，而是从诸子的著作当中来的，只有极个别故事出于诸子之外的其他史书，而且尽量不讲现代的、外国的故事，只在第 35 集讲了一个。

解放周末：可不可以这样理解，《品三国》时您是以说人物、讲历史故事为主，最后从历史中有所总结、提炼，讲的是"历史的思想"。而这次讲先秦诸子，更像是在讲"思想的历史"。

易中天：总结得太好了。我希望这个跨越是成功的。

百家争鸣是诸子间的 PK，我并不和谁 PK

● 百家争鸣是"历时 300 多年的跨世纪大辩论"。

● 《汉代风云人物》也好，《品三国》也好，主要目的是为了引起观众对祖国历史和文化的兴趣，现在这扇门打开了，接下去就是进去看。

解放周末：在《百家讲坛》上讲过诸子的主讲人很多，您这次解读诸子，与他们讲诸子有什么区别吗？

易中天：我与他们最大的不同就是他们都是单独讲某

一个子，而我是把诸子打散了，重新编排。这也是难度之所在。

解放周末： 您讲的孔子和于丹讲的孔子有什么不同？

易中天： 侧重点有所不同。于丹讲的是心得，着重在于个人的心得，我更侧重于诸子之间的争论。于丹更重视的是感悟，和现代人的感情、生活联系得更密切。我的可能历史感更强一些，因为要寻找"遗传密码"。所以说，并不存在谁好谁坏的问题。

我是从问题切入。我把先秦诸子的百家争鸣称为"历时300多年的跨世纪大辩论"。我给这场跨世纪大辩论总结了三大战役：第一场是"儒墨之争"，争论的焦点是"兼爱"还是"仁爱"；第二场是"儒道之争"，争论的焦点是"有为"还是"无为"；第三场是"儒法之争"，争论的焦点是"德治"还是"法治"。

解放周末： 这么说来，您和其他主讲人没有竞争、PK之说？

易中天： 百家争鸣是历史上诸子们自己在争鸣、在PK，但我并不和谁PK。

解放周末： 可不可以这样认为，过去您《品三国》讲的"术"多些，这次更多地是在探寻"道"？

易中天： 很对。我内心更多地也是追求"道"。《汉代风云人物》也好，《品三国》也好，主要目的是为了引起兴趣，引起观众对祖国历史和文化的兴趣，现在这扇门打开了，目的达到了。接下去就是进去看。

向先哲和先贤学习怎样争鸣

● 把我们的先哲和先贤请出来，给大家做一个榜样和示范，看看他们是怎么争鸣的。

●《逍遥游》中,庄子不是嘲笑燕雀之小,而是嘲笑燕雀之笑。

解放周末: 近来,因为学术观点上的分歧引起的过激事件时有发生,这引发了人们对当前学术批评、观点争鸣现状的一些思考。此番"重返",是否会因为学术观点不同,带来更大压力,您考虑过么?

易中天: 会不会招致批评或带来压力? 我倒是真的没考虑过,顾不上。但有一点,我从来都是欢迎批评的。其实这次讲《先秦诸子·百家争鸣》,就是提倡争鸣,把我们的先哲和先贤请出来,给大家做一个榜样和示范,看看他们是怎么争鸣的。

解放周末: 您有什么发现?

易中天: 在诸子的争鸣当中,我就发现,先秦诸子的百家争鸣看起来是在 PK,实际上他们很大程度上是站在不同层面和不同角度来看问题。如果把这些方方面面综合起来,就成了我们民族非常宝贵的文化遗产。这其中不存在谁比谁高一等,或者谁比谁高明、谁比谁高贵的问题,都是有道理的,但是同时也都有各自的片面性。我们应该以这样的心态来看待问题。

庄子当年写《齐物论》的时候,已经表达了这样的意思:谁也不比谁高贵,谁也不比谁高明。那么就应该以一种平和、平等的心态来看待不同观点的分歧。其实很多批评、不认同,就是起因于看问题的角度不一样,关注点不一样,这是完全可以求同存异的。我们现在提倡构建和谐社会,就更加应该注重求同存异。

解放周末: 学术需要这种相互尊重、互相包容的心态。

易中天: 对,理性的争鸣。这里我还可以讲一个诸子留给后世的精神财富,就是庄子《逍遥游》的开头一段,我们过去的理解恐怕是不对的。

《逍遥游》一开始说，北冥有鱼，其名曰鲲。鲲之大，不知其几千里也；化而为鸟，其名为鹏。飞起来九万里，一路上飞过去激荡起海水三千里，花六个月时间从北海飞到南海。于是那些雀、斑鸠、蝉就嘲笑大鹏，说你飞那么远干什么。这个故事我们一直解释为雀是可笑的，它们不知鸿鹄之志。这次重读之后我发现不是这样的。因为庄子的观点是"齐物论"，就是大的、小的、美的、丑的都是一样的，只要你是真实而自由地活着，都是生命，都是活法，没有高低贵贱之分，这才是庄子的思想内核。但是庄子又明明嘲笑了雀，为什么嘲笑呢？我的结论是，庄子不是嘲笑雀之小，而是嘲笑雀之笑。大的且没有资格去嘲笑小的，小的还去嘲笑人家大的，这不是很可笑嘛。我们可以从中读出什么呢？是宽容。

"真空"一年多，为讲诸子埋头作准备

● 这一年半，我基本上处在一种"真空"的状态，也是想安静一下，不要老是那么喧嚣。

● 很多事情我都是自己动手，做饭、洗碗、洗衣服，也是运动。你还非得买张卡，到健身房去？

解放周末：在奥运期间，我们看到您在央视《荣誉殿堂》上为中国女子体操队朗诵颁奖词。之前，许多"乙醚"都以为"易大佬"隐退江湖了。原来您这段时间就是在准备《先秦诸子·

百家争鸣》。

易中天：对，一年多时间，谢绝了很多邀请，埋头读诸子。我基本上处在一种"真空"的状态，也是想安静一下，不要老是那么喧嚣。所有的事情我都是自己动手，没有任何助手。我书里的每一字，包括标点符号，都是我在电脑上一个一个敲出来的。

解放周末：您做了哪些学术和知识上的准备？

易中天：这个账不好算。我从小就喜欢诸子，但是半懂不懂。真正算得上数的储备就是 1978 年我读研究生的时候，我是学魏晋南北朝文学的，我的导师们有一个观点——基本上也是学术界的共识，凡是学古代文学史、哲学史专业的都要过先秦关，所以这个对我们来说是基本训练。再进一步就是我教中国美学史，必须要讲诸子的美学思想，这也算一次准备。真正为节目做准备应该是从去年开始。

解放周末："做准备"这段时间，宁静许多了？

易中天：是的。我自己做饭，自己洗衣服，自己上网订机票。以前我太太会接听电话，挡住干扰，现在也不用了。电话全部掐断，手机也不开，只接发短信。信件不看，几乎与外界隔绝。没办法。我主张亲力亲为。人家说请助手也不错，自己会轻松一些。但是，我只当这些事情是体育锻炼、健身。吃完饭，不能立即到电脑上写作，那样对胃不好。那就洗碗吧。这也是运动啊，你还非得买张卡，到健身房去？

解放周末：虽然"真空"一年多，但有报道说，前一段时间您去扬州讲坛演讲，依然盛况空前。听说不光您的演讲台上坐满了人，连三楼的摄影室里都挤满了听众。

易中天：那是观众、读者对我的厚爱，要谢谢他们一如既往的关注。

解放周末：网上有消息说，您入围改革开放 30 年以来最具影响力的 100 个风云人物的候选人。您自己知道吗？

易中天：这个事情确切吗？别又给我整个带"三聚氰胺"的，我还说喝得挺好，那就完了。

解放周末：听说您前不久"升级"当外公了，当外公的感觉怎么样？

易中天：挺好。还有就是觉得自己又变老了一点。

解放周末：高兴地"变老"。

易中天：谢谢。可惜我女儿生孩子的时候我都没能陪在她身边，之后也是看了一眼外孙女就不得不去忙别的事情了。

解放周末：但心里是牵挂的，也是温暖的吧？

易中天：那是当然。哎呀，小丫头真是可爱啊。

（原载《解放日报》2008 年 10 月 31 日第 13 版，

高慎盈、吕林荫、曹静　采写）

海岩父子谈《舞者》

　　海岩新剧《舞者》已在湖南卫视热播。剧中，海岩之子侣皓喆首次出演男主角，成为"岩男郎"。

　　关注，接踵而来。

　　海岩剧生动二十年，从《便衣警察》、《永不瞑目》到《拿什么拯救你，我的爱人》、《玉观音》、《五星大饭店》等等，太多经典成时代的标杆。

　　《舞者》登场，将呈现怎样的思想升华？编剧海岩想藉此向观众传达些什么？演员侣皓喆又经历了怎样的心路历程？

　　《舞者》开播之际，海岩父子接受了《解放周末》独家专访，这是他俩首次一起面对媒体。

　　北京。昆仑饭店二楼。

　　晚上8时，海岩父子俩准时出现。

　　并肩而坐三个小时，父亲深入浅出，儿子静静聆听，进而诚抒己见。时不时地，两人默契对望。温暖亲情，显而易见。

期待让一些人的心灵被稍稍触动

解放周末：我们采访过海岩老师多次了，但还是第一次见到侣皓喆。这是你们父子俩第一次坐在一起接受媒体采访吗？

海岩：对，是第一次。

侣皓喆：以前没有过。

解放周末：《舞者》开播在即，心情怎样？

海岩：没什么特别的，播我写的连续剧也不是第一次。不过这次侣皓喆主演，多少有些替他紧张。

侣皓喆：我挺紧张的。

解放周末：是因为担心收视率吗？

侣皓喆：这是爸爸的又一心血之作，我当然希望别让我给演砸了。

海岩：对这个戏，我可以说既有信心，又有担心。信心是因为《舞者》的小说目前看来比较成功。这部小说由于字数偏多，分了上下两册出版，价格相对就贵了一些。当初在销售上是有担心的，但是没想到去年上架不到半年，销售量就突破了30万册。现在60万字的剧本版也即将出版，首印8万册。

解放周末：30万册对图书来说相当可观。听说小说《舞者》被评为2007年全国新华书店最佳畅销书？

海岩：是的。也被评为新浪网2007年年度小说。当然，小说畅销并不等于电视剧收视率一定会高。《舞者》这个电视剧有一点艺术片的味道,相对来说,它的商业性不那么强。

解放周末:我们看了预告片,从唯美、电影胶片式的镜头中,可以感觉到这一点。

海岩:对。另外,《舞者》是一个典型的悲剧。就像鲁迅先生说的,悲剧就是把有价值的东西、美好的东西毁灭给人看。我觉得悲剧是自有戏剧以来最重要的一种戏剧形式。但是现在是一个娱乐时代,娱乐的主流是喜剧、闹剧,影视圈有个怪相:一部作品往往在批评和谩骂声中飙高收视率,审美不敌审丑,高尚不敌低俗,严肃不敌搞笑,搞笑不敌恶搞。

解放周末:海岩剧到今年已经经历了二十个春秋,有人说《舞者》是海岩剧二十年的纪念之作。您刚才说对收视率没有期待,那么您到底期待什么?

海岩:我希望它能让一些人的心灵被稍稍触动。

演老爸的戏,压力真的很大

解放周末:作为男主角高纯的扮演者,侣皓喆被稍稍触动了吗?

侣皓喆:我想不仅仅是触动,应该说是陷入了。我被允许候选高纯的角色后就开始背台词,有时候正开着车,突然想到剧中的某个场景,就很自然地沉浸在里面,泪水就涌出来了,视线就模糊了。

解放周末:在演这部戏之前,其实你还塑造过不少角色,在《曼谷雨季》、《重案六组 II 》、《烈火金刚》、《传奇幻想殷商》等片中都有不错表现。

侣皓喆:2000 年我就开始从影了,但是爸爸一直不赞同我进演艺圈。我们有过"约法一章",我可以从事自己热爱的表演,但是他的剧不能让我演。

海岩：这次本来没想用他，也没想用新人。制片方一直在和李俊基、孙俪、李小璐等明星在洽谈。因为和李俊基是跨国合作，谈档期、片酬很多回合，来来去去，周期很长。为这个戏从去年 5 月就建组了，一直等，等到 9 月还没开拍，导演、摄像、很多工作人员都等不下去了。好不容易和李俊基谈拢了，离开机只有一周了，而这时 60 万字的剧本还没翻译成韩文，根本来不及，所以投资方决定，还是用新人。

当时我们有几个候选人，但剧里的主角高纯有很多跳舞、开车的戏，这些新人又不全会。后来导演说："我看您儿子不错，会开车又是学舞蹈出身，要不让他试试吧。"就这样，最后 3 个主演都是开机前几天才定下来。

解放周末：看来，是迫不得已之举。

侣皓喆：对，当时我爸跟我说，"导演想找你试镜"，我很惊讶。对我来说，这是一次意料之外的机遇。

解放周末：当"岩男郎"的感觉如何？你觉得自己表现得怎么样？

侣皓喆：拍《五星大饭店》的时候我提出让我演个门童的小角色，被爸爸拒绝了。这次真的担纲男主角才发现，演老爸的戏，压力真的很大。只能说，我尽力而为了。

解放周末：您对他的表现满意吗？

海岩：因为我对他太熟悉了，所以不太好评价。我想，他要是演一般的戏，会发挥得更好。演我的戏他有压力，就像运动员在决赛的时候心理状态会不同。在一些细节的处理上，我作为编剧，对他、对其他演员都会有这样或那样的不满意。不过有一点是可以肯定的，一些已经看过这部片子的人说，高纯让他们流泪了。

悲剧比喜剧更能震撼人心

解放周末：有人说《舞者》是一部"80 后爱情财富悬疑故

事",您怎么看?

海岩:湖南卫视的预告片里是这么说的,我看了之后琢磨半天,确实是这么回事,它就是一个纯粹的爱情故事。我跟人开玩笑说,我在爱情剧领域不做老大很多年了。我最近的几部片子,《阳光像花儿一样绽放》讲的是个人的成长经历,《金耳环》讲的是亲情,《五星大饭店》是青春励志故事,都和爱情没有直接关系。就像有些媒体说的,这是海岩的爱情题材"回归之作"。

解放周末:您这次把目光转向了 80 后的爱情。

海岩:是的,它写的是 80 后的爱情故事。其实我以往对现实中的 80 后是有一些成见的,我觉得这代人比较现实,他们可能更商业化,对于精神方面的追求好像不是那么自觉。

侣皓喆:但事实上,爸爸作品中的 80 后几乎都是用满腔热情在生活的人,他们身上拥有很多美好的品质。我相信,包括我自己在内的 80 后,一定会被这些文字、这些画面打动。在这样一个追求快速成名的时代,人的立身之本依然是真、善、美,我们需要一些能够滋养灵魂的故事,让我们在喧嚣中宁静下来,去发现自己心中那一片干净、浪漫的地方。

海岩:这些内在的美好需要一些外在的激发。就像在汶川大地震救灾过程中,在北京奥运会举

办的前前后后,有许多 80 后因他们的真诚、善良、勇于担当的精神,感动了全世界。这是一种激发。而文学、艺术可以也应当成为另一种激发。

解放周末:《舞者》是用怎样的方式激发的?

海岩:就是在物质化、官能化、功利化的时代,描写一场热烈真挚的爱情。当然,这或许也正是我对既往的怀念。

解放周末:这种怀念,应该是源自您对真善美的坚守。

海岩:是我一如既往的向往,也是剧中主人公的坚守。高纯面对的两个女孩都是非常善良的,金葵为爱而执著,周欣为责任而坚强,最后却因为各自的坚守造成了一个功利时代的爱情困局,彼此仇视,互相伤害。当初孙俪同意上这个戏,两个女主角让她选,一开始她选的是金葵,因为这个角色青涩、可爱,符合她一贯的风格。但有一天早上,她突然给我打电话,说海岩老师,我想演周欣,我被周欣的自我牺牲精神深深打动了。然而,她的经纪人看过剧本后不太主张她演周欣,觉得周欣篡夺了别人的纯真爱情。

解放周末:《舞者》塑造的并非是非分明的角色,而是善与善的对峙。在两种善良面前,取舍会变得矛盾、纠结。

侣皓喆:对。我看到一些观众在网上留言,都是各执一词,有人为金葵惋惜,有人为周欣伤心。电视剧会让观众进入到这种难以言表的矛盾中,会给人留下刻骨铭心的挣扎,这也是高纯的挣扎。

解放周末:正是这样的矛盾与对峙,使得《舞者》成为一部至悲之剧?

海岩:我相信,悲剧比喜剧更能震撼人心。

年轻人当然需要笑声,但同样需要泪水

解放周末:在这样一个喜剧称王的时代,您觉得人们还需

要悲剧吗？

海岩：不仅需要，而且必要。《舞者》的导演刘心刚是一位个性很强的人，让我意外的是，在后期剪辑时，他跟我说，他流泪了，他剪不下去了，因为故事太悲了。湖南卫视负责审片的工作人员一开始并不看好《舞者》，但看完整部片子之后，也是泪流满面。他们为什么流泪？不是因为官能上的疼痛，而是从心里流出来的泪水。

解放周末：《舞者》之悲，并非苦情演绎，而是一种对价值观、对人性的深刻洞悉。从《便衣警察》、《永不瞑目》、《玉观音》等剧一路走来，到《舞者》登场，是否可以这样说，过去您是以讲故事为主，而如今在讲故事的同时更多地是在表达思想？

海岩：我的确在寻求一种表达。在 20 世纪大工业时代，文化是围绕着生产展开的；而在全球化时代和信息化时代的今天，文化却是围绕着消费展开的。文艺作品就从"文以载道"发展到了"文以载乐"。

解放周末：对一个社会而言，只有"载乐"的文化是很危险的。

海岩：的确，在一个文化消费时代，文化的本质被商业掩盖了，被商业销蚀了。

解放周末：这会带来怎样的后果？

海岩：一个很严重的问题就是，人们表面上越来越追求多元化，追求个性化，但实际上在生活态度和人生哲学上却越来越单一化、同质化、板结化，而且最终都板结在功利主义上。现在人们见面，谈论的无非是升学考试、买房买车、炒股票炒基金那点事，功利至上使得一些人失去了利益之外的精神支点。这实际上是文化出了问题。

解放周末：文化也在追逐功利中，迷失了"载道"的基本责任。

海岩：什么是文化的本质？我认为就是人类的物质文明和情感活动，而情感活动的理想和目标应该是情感的丰富、净化和升华。这种升华要传递的是一种浪漫主义情怀，让人在超越功利中，获得强烈的人生美感，并经由这种美感品味到人生的另一种真实。这是摆脱了动物性的精神层面的真实。文化有责任带领人们实现这样的超越，但现状却恰恰相反，文化在一路追求"眼球经济"中反而把人们往更单一、更同质的一面推导。

解放周末：这种社会通行的单一化和同质化，会使得生命缺乏立体感，变得枯燥乏味。

海岩：还会局限我们生活方式的丰富与深度，进而局限人们的创造力。所以我想用一种刺痛，去逼人思考。

侣皓喆：我的感受是，年轻人当然需要笑声，但同样需要泪水。功利是社会带来的压力，而浪漫应当成为人内心葆有的气质。《舞者》会刺痛很多人，也会让很多人在流泪之后有所思，什么是爱情，什么是理想，金钱、名利有那么重要吗？人生的意义和快乐究竟何在？我想，看过《舞者》以后，许多80后会重新思考"成功"。

解放周末：我们注意到，《舞者》的最后一集中，选秀营造的明星梦被残酷现实击得粉碎，君君的命运仿佛是一次对现实的直击。

海岩：过去接受《解放周末》专访时，我曾经说过，狂欢是文化的易碎品。如选秀这般文化狂欢现象，发展到后来，几乎是以形式之重承载精神之轻，无论它出现时多么光彩耀人，最终必然是脆弱和短暂的。我希望用文艺作品来承受这种文化乱相带来的疼痛，希望多数年轻人不要再去盲目品尝。点悟和警醒，同样是文化的责任。

在这里我想感谢湖南卫视。他们的口号是"快乐中国"，一个主张快乐的频道,一个最先在国内成功推出选秀节目的电视台,能如此宽容地让一部批评选秀乱相的悲剧在此首播,而且又是在确定当年收视率"江湖地位"和决定来年广告市场的 11 月拿出来播,这的确需要勇气和力量。

只希望他做一个善良的人,有道德的人

解放周末:饰演高纯,学到许多的同时,也让你付出了很多吧?

侣皓喆:当初得知可能有机会演高纯,我就开始减肥,因为整个剧从高纯受伤后开始拍摄,需要一个特别病弱的形象。时间很紧,我只能靠黄瓜、西红柿、维生素片、减肥药度日,还要加上大运动量,结果 10 天体重下降 20 斤。演戏的时候也不轻松,有一场金葵替高纯洗澡的戏,我在洗洁精泡沫里泡了整整 4 个小时。还有一次拍高纯金葵相拥而泣的重戏,足足拍了一个下午,到最后一次导演喊"过了"之后,我和饰演金葵的章龄之保持着相拥的姿势,不知不觉号啕大哭了很久。

解放周末:如果不是《舞者》,你们父子俩很少有机会能有大段的时间坐下来聊天吧?

侣皓喆:对。爸爸要管理企业,每天忙到很晚才能回家。饭后他就开始写作了,一写就写到凌晨两三点,而且全部是手写,特别辛苦,我看着挺心疼的。

解放周末:父亲对你严格么?

侣皓喆:说出来你们可能不相信,算上今天这次,我进昆仑饭店的次数两只手就能数过来。有时候我来等爸爸下班,想搭车一起回家,他说站在大堂不好,我就只能到离饭店不远的公交车站等。他忙起来没个准,经常一等就等到凌晨,有时冻得我直哆嗦。

海岩:我跟他说,我要是在化肥厂工作,你爱进来就进来,

没关系。但是我在五星级酒店工作，我不希望自己的孩子经常在这样豪华的场所进进出出。

侣皓喆：可能因为从小爸爸在这方面对我要求挺严的，所以我一直没有太多功利心，也不会把名利看得太重。

海岩：这点我挺欣慰的。我对他没有物质或地位方面的期望，只希望他做一个善良的人，有道德的人。

解放周末：如果《舞者》把他捧红了怎么办？

侣皓喆：我其实不喜欢红这种强烈的颜色，更欣赏柔和平淡的色彩。我希望把最浓烈、最深刻的色彩，留给高纯，留给观众。

　　采访完毕，侣皓喆先站起身来，礼貌地为记者挪开椅子，腾出通道。

　　"没见过这么周到的明星。"记者玩笑道。

　　"《舞者》是小众的文艺片，所以靠这部片子，他成不了明星。"海岩这样断言。

（原载《解放日报》2008 年 11 月 14 日第 17 版
吕林荫、曹静　采写）

视线

SHIXIAN

李辉先生，请勿"飙车"

易中天

李辉先生的"质疑文怀沙"，已经过去很是些时日了。如今旧话重提，是因为在已有不同证据和不同意见的前提下，李辉先生 4 月 11 日在"岭南大讲堂"再次指责文怀沙老人"欺世盗名"，而对自己的某些不足之处并无检视，由此引出了何三畏先生一篇文章。文章的标题，叫《评析李辉"质疑"文怀沙的方法》，发表在 2009 年 5 月 28 日《南方周末》第 25 版。

我个人认为，这是"文怀沙事件"中最具有现代意识和理性精神的言论。这样的意识和精神，其实当时就有诸多先生表现出来，但被媒体和看客们的一片喧嚣和叫骂声淹没。前两天，我上网"百度"了一下，键入"何三畏"和"文怀沙"这两个关键词，只搜到何三畏先前的文章《道德终归是为了让人幸福》。新写的这篇，几乎无人理睬。

于是想起了鲁迅先生的话——"造化又常常为庸人设计，以时间的流驶，来洗涤旧迹"。是啊，"文案"既无新料爆出（比如与老先生"有染"之某女出来说话等等），媒体和看客们之不感兴趣，也在情理之中。

我不知道李辉先生是不是也准备不予理睬，但我希望他回应，建议他回应，也认为他应该回应。因为何三畏先生写这文章，并非要跟李辉先生"过不去"（我也一样），也完全无意替文怀沙先生"辩护"（说白了，那是他老人家自己的事）。何先生担着被人误解、攻击和恶炒的干系，作此"六千言书"，其实是要讨论一个严肃的问题，一个所有文化人和批评者都不能不面对的问题，那就是在公共空间对另一个人进行"道德批判"和"道德谴责"，要不要有"规则"和"底线"？如果要，那么，它们又该是什么？

何三畏先生的文章，就实际上回答了这些问题，只不过以李辉为案例而已。根据何先生和我都同意的规则和底线，我个人倾向于认为，李辉先生的"质疑文怀沙"，已经涉嫌在公共空间"道德飙车"，车速超过"70码"。而且，李辉先生把人撞飞以后，又有众多车辆来回碾了 N 次。文老先生若非身子骨特别硬朗，恐怕早就粉身碎骨了。

因此，为李辉先生计，恐怕还是回应何三畏先生为好。不回应，就不但有"闹市飙车"嫌疑，还有"肇事逃逸"之嫌。当然，李辉先生完全可以推翻何先生和我都同意的规则和底线，然后提出他的主张。这也正是我们所希望的。

由是之故，我欢迎媒体转载此文，也愿意听到不同意见，但谢绝"娱乐八卦式"的恶炒，以及借题发挥的人身攻击。毕竟，这是一个严肃的话题，需要理性的思考。非理性，请勿扰！

先说三点意见。

一、李辉先生是不是"道德飙车"？

我认为是，而且存在"主观故意"。请大家想想，杭州飙车案发生后，网友们为什么几乎一边倒地认为胡斌"飙车"？就因为如非"飙车"，决不可能把人撞高五米，撞飞三十多米。再看李辉先生"质疑"的结果，又如何呢？是众多媒体和网民，在事实还没有完全弄清之前，就不加分析、不假思索，也不容文

老先生自己辩驳地，给他扣上了"江湖骗子"、"文化流氓"的帽子。这对于一个文化人，无异于在精神上和舆论上宣判他的死刑。众所周知，即便是刑事案件，在法庭审理宣判之前，也只能"无罪推定"。面对一位抗战时期即已成名的文化老人，又岂有动用"道德私刑"，实施"集体谋杀"之理？

我相信，后来事情的发展，已超出了李辉先生的预料，也未必是他的初衷，更非他自己所能掌控。但李辉先生作为"始作俑者"，却实在难逃其责。

那么，李辉先生的"飙车"，有"主观故意"吗？我个人认为有。众所周知，李辉先生的文章能有那么大的杀伤力，原因之一，是李辉先生在公众之中具有公信力；而李辉先生的公信力，又来源于他一贯的严谨作风。因此，尽管李辉先生既谦虚又谨慎地使用了"质疑"一词，但在公众心目中，却是"无疑可质"。因为大家伙信得过他李辉。然而令人大惑不解的是，李辉先生这回却是一反常态，完全置自己的信誉于不顾，把自己一贯的严谨作风抛到了九霄云外。

比方说，他居然在自己的文章中，公开表示对文怀沙先生的鄙视和憎恶。当然，作为公民和个人，李辉先生有权这样表

示。他是如此地鄙视和憎恶文老,也可信自有其原因和理由。但是,作为一个被认为是"学者型记者"的媒体人,李辉先生的这种表示,却让自己的公信力大大地打了折扣。我们不禁会问,这样情绪化的表达,其所言之事靠得住吗?看来,李辉先生在把文怀老撞飞三十米的同时,至少也把自己撞飞了二十米。虽非"粉身碎骨",却也"伤筋动骨"。此诚殊为难解。

实际上,正如何三畏先生所言,李辉先生的"质疑"至少存在三个问题:一,"抽离历史环境,追查历史道德";二,"使用单边信息,追查他人隐私";三,"使命过重,道德过剩,推论过急,谴责过度"。在我看来,有了前两条,就是"超速"。如果还"过重,过剩,过急,过度",那就是"严重超速",是"飙车"了。

就说第一条。但凡经历过那个年代的人大约都知道,所谓"劳教"是怎么回事。那是不需要"证据",也不需要"审判",更没有"律师辩护",就可以随便执行的。其中有多少"冤假错案",恐怕只有天知道!我自己认识的人当中,就有不少人曾经遭此"不白之冤"。相信李辉先生手中,也不乏此类案例。既然如此,李辉先生在公布这一"史实"的时候,就应该对案情做深入的调查,看看是真是假,有无冤屈。哪怕就是装装样子,也让人服气吧?然而他不。

李辉先生的做法是:一方面公布文怀沙当年的"劳教号码",以示"确凿无疑";另一方面又对"原本劳教一年,实际关押一十八年"的事实置若罔闻,不予深究。这就未免太不厚道,几乎是要"置人于死地"了。李辉先生如此作为,难道还不算"飙车"吗?

二、文怀沙先生该不该"被撞"?

我认为不该。没错,文先生的情况跟杭州飙车案的遇害者谭卓不同。谭卓完全是无辜的。文怀沙呢?好像有点"咎由自取"。比方说，没有坚辞"大师"头衔，甚至"半推半就"。这就相当于"不走斑马线"，或者"故意闯红灯"了。但是，行人没走斑马线，或者闯了红灯，就活该被超速的车辆撞死吗？然而李辉先生一见文怀沙"不走斑马线"，就浑身气都不打一处来，非得"飙车"冲将上去不可，这又怎么说呢？

是的，文怀沙先生的"三字真言"和"四部文明"，确实算不上什么了不起的"文化成果"；作为"公众人物"，老先生也应该自律，应该带头"走斑马线"，以免产生"不良影响"。不过这也只能规劝，顶多也就是批评，没有因此就揭人老底，非得"穷追不舍"的道理。

在这里，有一个问题必须予以澄清。有人说，李辉是在"打假"，因此应该肯定、支持。我看这话未免含糊。我的观点是：李辉的"打假"可以肯定，但不能"全盘肯定"。因为"打假"也要有规矩，有道理，有尺度，不能说只要是"打假"，就天然有理、总是有理，就"墨索里尼"了。文怀沙先生是不是"国学大师"？李辉先生坚定地说"不是"，我也认为不是，还认为没人是。但是，这顶"高帽子"，是文老先生自己用纸糊了，再戴在头顶上的吗？也不是，是别人在给他"加冕"。那么请问，你要"打假"，是该打"戴帽子"的呢，还是该打"扣帽子"和"做帽子"的呢？不言而喻吧！

其实，就连"扣帽子"和"做帽子"的，也要区别对待。这里面，有的是幼稚无知，有的是跟着起哄，还有的是给人戴高帽子戴惯了，甚至只是客气话。

试想，如果诸如此类都要追究，岂非"一竿子打翻一船人"？

所以我认为，只有那些故意造假、欺世盗名、骗财骗色的，才应该打击。至于"胁从"，则可以"不问"。但可以做三点补充：一，文化人要自觉，不要别人送你什么"高帽子"，你就欣然接受，乐呵呵地戴在头顶上。告诉你，那叫"沐猴而冠"，只能留下笑柄。如果别人只是客气话，你却当了真，那好，结果必然是人家"当面叫大师，背后骂傻×"。二，媒体不要起哄。李辉先生的文章发表后，有媒体大惊小怪地说，原来文怀沙不是公认的大师，我听了暗中好笑。哈哈哈，这年头，哪有什么"公认的"大师？所有的"大师"，都是"私认"的。三，我们自己，也要痛改吹吹拍拍的不良习气，不要动不动就给别人戴高帽子。

作为受旧传统影响颇深之人，我深知自己也未能免俗。因此，我在这里先向李辉先生鞠躬，感谢他的打假；再向公众鞠躬，为自己先前可能有的不当言论道歉！

当然，在此案中，文怀沙先生不好说就是"胁从"。对于"伪大师"一案，我同意何三畏先生的观点，文怀老应负一半责任。毕竟，他的"没有坚辞"和"半推半就"，给人的感觉就像赵匡胤的"黄袍加身"。出来混，是要还的，文老得埋这个单。问题是，李辉先生要打假，把这件"假皇袍"扒下来就是，为什么还要把人家的内衣如何如何，也展览出来呢？更何况文老先生并没有像某些人那样，摆出一副"我就是大师"的无耻嘴脸，或者"老子就不走斑马线"的蛮横架势，怎么就非得把人往死里整呢？

三、谁有资格充当"文化判官"，清理"文化门户"？

我的观点是：谁都没有。《圣经》说，曾经有一群法利赛人去找耶稣，问他该不该用石头将一个"淫妇"打死。耶稣说，你们中间谁是没有罪的，谁就可以先拿石头打死她。结果，那些法利赛人一个个都放下石头，退了出去。是啊，人非圣贤，孰能无过？或如文怀沙先生所言，谁没有年轻过？谁年轻的时候没犯过错误？如果都要"深挖细找"，岂非"人人自危"？再说了，你今天能揪"文怀沙"，明天就能揪"武怀沙"。如此这般，何时是了？

因此，任何人都没有资格，也没有权力，可以自命为"道德警察"或者"道德检察官"，包括那些自以为道德高尚的人，也包括实际上道德高尚的人。因为真正的道德，一定是平等的。真正的道德，也一定是律己的。也就是说，你可以反感某个人，可以看不惯、瞧不起，这是你的权利。但是，你不能因此而产生"道德霸气"，更没有权力在公共空间动用"道德私刑"。要知道，那可是"闹市区"。闹市区不是不能开车，但必须遵守交通规则。同样，在公共平台上发表意见，也要遵守人类文明的共同约定。比方说，不能"在公共空间追查他人的隐私道德，无论是似是而非的或是真实确凿的追查"（请参看何三畏文）。违反了这个规定，突破了这条底线，就是"道德飙车"；而"飙车"，无论哪一种，都可能会死人的。

事实上，李辉先生这一回的"飙车"，之所以"飙"得理直气壮，就因为他的心中充满责任感、使命感和正义感。用他自己的话说，就是"不能让文怀沙认为神州无人；不能让世人认为媒体中的人都失去了良知；不能让后人笑话我们这个时代的所有文化人都失去了道德标准和勇气"。

如此"大义凛然"，确实令人敬佩，却也让人不寒而栗。因此很想对李辉先生说几句。先生的人品，我很敬重。先生的口碑，也一直很好。由是之故，奉劝先生听取何三畏的意见："对自己倍加小心"。因为凡事都有一个"度"，过度，就会走向反面。过度的责任感、使命感和正义感，会造成一种道德上的"优越感"。有了这种"优越感"，很容易就会自觉不自觉地把自己看作"圣斗士"。一旦看作"圣斗士"，又很容易变成"卫道士"。

以我读书不多的经验，历史上的"卫道士"，恐怕十有八九不是"杀人犯"，便是"伪君子"。所谓"拿起笔，做刀枪"，除非是面对强权，否则未必是什么好事。

对待历史问题，我赞成俞飞先生的观点，那就是"既要有大智慧，更要有大慈悲"（2009 年 4 月 9 日《南方周末》第 31 版），诚望先生采纳，并好自为之！

（本文发表于《东方早报》2009 年 6 月 7 日第 13 版）

道德批评的原则和底线

易中天

一、程序最为重要

实话实说，我在撰写此文时，有过犹豫。因为在不少人看来，李辉先生这回可是做了一件好事。至少，从今往后，谁要再人模狗样地充"大师"，无论是自封还是退居，恐怕都得先考虑考虑了。这确实是很能宽慰人心的。想想也是！这年头，烟是假的，酒是假的，药是假的，奶粉是假的。好不容易出了个"国学大师"，又是假的，则公众之愤怒将如何？原本人五人六的"伪大师"终于被揭发了，则公众之兴奋又如何？

然而让我忧虑的，是在这"嘉年华"般的狂欢中，一些人类文明的基本原则被忘记了。比方说，文怀沙先生的基本人权是否得到了足够的尊重？李辉先生的文章发表不久，媒体上就赫然出现了"江湖骗子"之类的字眼。当然，那些狡猾的"标题党"，会虚情假意地打上引号，再加上问号，以规避责任。但他们难道真不知道，那些"看报只看标题"的读者，其实会得出什么结论？要知道，此时此刻，就连一些基本事实，都还没弄清楚呀！

同时被忘记的还有"程序公正"。也就是说，很少有人关心，李辉先生所持的立场是否公正，提供的证据是否确凿，使用的方法是否适当，论证的路径是否科学。实际上，由于李辉的"打假"既顺应民心，又一举成功，他的那些"犯规动作"也就无人在意，甚至认为可以忽略不计了。如果不是何三畏先生出来说话，此案估计也就这样收场。

这就无疑会留下一个隐患，也会带来一个隐忧，即只要"师出有名"，任何人便都可以效法李辉，在公共空间"道德飙车"。因为李辉是"英雄"嘛，因为他赢得了一片喝彩嘛！那么，和尚摸得，我摸不得？李辉做得，我做不得？其结果，势必是你也"质疑"，我也"质疑"；你也"揭短"，我也"揭短"。最后呢？尸横遍野，人人自危。

显然，李辉被媒体打造成"道德勇士"，比文怀沙被打扮成"国学大师"还要恐怖。"伪大师"顶多骗骗不懂事的，"真勇士"却是所向披靡，可以动不动就"手执钢鞭将你打"，无人能够幸免，下一个不知轮到谁。当然，也有不认为李辉先生是"勇士"，并对其动机表示怀疑的。但这，却为我所坚决反对。我认为，批评不能问动机，论事只能看结果。比方说，撞死谭卓的胡斌，难道会有"杀人动机"？当然没有。所以，李辉是不是与文老有"过节"，或者"受人指使"，我根本就不感兴趣。而且，我也坚决反对讨论动机问题，因为那只会造成新一轮的"道德飙车"。我甚至不关心他的结论是否正确，更不关心他倒腾的那些陈芝麻烂谷子。我关心的，只是"车速"和"交规"。或者说，只关心他的"质疑"是否做到了"程序公正"，因为程序比结果还重要。

还是打比方吧！闹市区，可不可以开车？可以。所以，在公共空间，也可以进行道德批评。在闹市区开车，能不能问他为什么要到这里来？不能。所以，批评不能问动机。但是，如果他撞了人呢？对不起，必须接受处理。所以，论事只能看结果。至于如何处理，则要看是否违反交通规则。所以，程序比结果更重要。那么，如果一个人在闹市区飙车，被他撞死的，又碰巧是一个在逃的罪犯呢？我们能够因此就称他为"英雄"，不再追究他飙车的责任吗？恐怕不能吧！因为一旦飙车合法，那撞起人来可就不分好坏了。

显然，在公共空间进行道德批评，第一不能问动机，第二应该看结果，第三必须讲程序。而且，"程序公正"还必须高于"实质正义"，因为程序就是"交通规则"。因此，我们需要讨论"交规"问题，我们也必须讨论这个问题。

那么，底线在哪？原则为何？

二、原则必须坚守

第一条，我想应该是"证据确凿"，这也就是"真实原则"。说白了，就是你批评某个人有什么不对，得真有这事才行。这就不是"自己说"或者"有人说"就算数的，得有证据，还得确凿。如果使用了伪证，打假的就会变成造假的；证据不全，也可能制造冤案。那怎样才算"证据确凿"？一是真实，二是可靠，三是全面。比如你要说某人"年龄造假"，就得说清楚三点：造了没有？为什么造？怎么造的？三个方面，都要有证据，一个不能少。

按照这个标准来检视李辉，问题就大了。他指控文怀沙"年龄造假"，第一个问题（造了没有），证据不足；第二个问题（为什么造），只有猜测；第三个问题（怎么造的），完全不知。不要以为手上有一份档案材料的复印件，就是"铁证如山"。实话实说，那只叫"有证据"，不能叫"证据确凿"。陈明远等先生，就提出了不同证据嘛！所以这事只能叫"存疑"，不能叫"定论"，更不能断言文老"造假"。

或许有人会说，道德批评又不是法庭审案，犯得着这么较真吗？没错，法庭不重证据，很可能"草菅人命"。批评不是判刑，多半"草菅"不了。不过，也就是"多半"而已，未必一定不会。2007年7月16日晚，有人在网上发布了一篇名叫《史上最恶毒后妈把女儿打得狂吐鲜血，现场千人哭成一片》的帖子。此后，众多媒体也相继做出报道。纸媒与网络，立即骂声一片。然而警方的调查却证明，这是一起"冤假错案"。历史上最毒的后妈，忽然又成了最冤的。真相大白之后，义愤填膺的人都不见了；而那位被冤枉的继母，却再也无法回到从前。据说，她甚至企图用自杀的方式，来洗清自己的冤屈。知道了这个故事，请问谁还敢说没有确凿证据的道德批评，就一定不会杀人？

那么，怎样才能做到"证据确凿"呢？办法很多，深入调查啦，小心求证啦，等等。但最根本的，还是"立场公正"。然而李辉先生的做法，却是"使用单边信息，只听一面之词"。何三畏先生批评李辉"硬生生地强调了他的工作方法，是不屑于见他的主人公（指文怀沙）"。其实在我看来，见与不见，不是问题。就算李辉肯去见，文怀沙也肯见他，谁又能保证文老先生都说真话，不说假话？事主的话，就一定靠得住？也是"一面之词"嘛！

实际上，李辉的问题，不是"不见"，而是"不屑"。这就等于公开宣布放弃公正立场。由于放弃公正立场，这才只听另一面的"一面之词"。不是说"另一面"的话就听不得，何况其中还不乏令人尊敬的文化老人。所以，这里没有"价值判断"，只有"工作方法"。众所周知，但凡是人，就难免有片面性；而"兼听则明"，则是亘古不变的真理。李辉先生即便"不屑于"听文怀老的，听听"第三方"的意见，总可以吧？然而他不。为什么不？因为用不着。为什么用不着？因为在收集证据之前，他已经判文怀沙道德死刑了。

　　说起来，这才是李辉先生的问题所在一先入为主。李辉先生说得很清楚，他是在 2007 年听到别人转述的文怀沙的一句话，才决定"追寻真相"的。决定之前，则已然骂过"王八蛋"。这可真是"冲冠一怒为传言，两年追寻'王八蛋'"，可以写进文化史，或做茶余饭后之谈资的。只不过这样一来，证据的选择就有了一个"标准"：能证明是"王八蛋"的，就采信；不能证明的，就不采信。至于那些能够证明的说法，来自哪里，是否可靠，是证据确凿，还是街谈巷议，他就不管了。可见李辉先生对证据的收集，是既有"片面性"，又有"随意性"。这样的"调查"，还可信吗？这样的"文风"，能提倡吗？

　　因此，我们还应该提出第二条原则，即"公平原则"，也就是必须"立场公正"。立场公正，才不会偏听偏信；不偏听偏信，才能证据确凿，也才能做到"真实"。可见真实与公正，是必须坚守的原则。一旦放弃这一原则，就不但会让自己的结论丧失公信力，也很容易会突破人类文明的底线。而这，则正是李辉先生"道德飙车"的又一个问题。

三、底线不能突破

　　李辉先生突破了人类文明的底线吗？突破了。哪一条？不能在公共空间追查他人隐私的道德，无论是似是而非的或是真实确凿的追查。当然，他事出有因。原因就是要证明文怀沙的入狱不是"政治迫害"；而某些人作此"篡改"，无论有意无意，都是"欺骗公众"。这并没有错，做起来也很简单，只要公布两个事实就行：一，文怀沙被强制劳教是在 1963 年；二，正式拘留是在 1964 年。这个时候，不可能有人反对江青，也不可能有人因此入狱。讲清楚了这一点，则谣言也好，谎言也罢，都不攻自破。如果觉得还不够落实，也可以说：据我掌握的确凿证据，文怀沙的入狱决非"政治迫害"，而是"另有原因"。但为了保护诸多当事人的隐私，恕不公布。如果文怀沙先生提出反诉，则不再保密，敬请原谅。我相信，这样说，目的仍能达到，底线也能守住，大家都没意见。

可惜李辉不。为什么不？也只有他自己知道。但以我小人之心，度他君子之腹，或许是觉得"不过瘾"。总之，由于只有李辉自己知道的原因，他把"猥亵、奸污妇女十余人"这句话说了出来，而且前面连"涉嫌"两个字都没有。或许有人会说，判都判了，还说什么"涉嫌"？对不起，阁下又忘记历史背景了。再说一遍：所谓"劳教"，是不需要"证据"，也不需要"审判"，更没有"律师辩护"，就可以随便执行的。因此，只要说到"劳教"，无论是说"文怀沙"，抑或是说"武怀沙"，其"罪名"之前，都必须冠以"涉嫌"二字，或"所谓"二字，否则就是对那个"违宪制度"的默认，也是对众多无辜的亵渎，其中就包括李辉向所尊敬的一些文化老人，比如黄苗子先生。

更何况，"猥亵、奸污妇女十余人"这句话，不但公布了文怀沙先生的隐私，也公布了那"妇女十余人"的隐私。如果有"狗仔队"之流，依据李辉先生提供的方向，按图索骥，把这"十余人"的名单都公布出来，以证明李辉先生"所言不诬"，试想将会是什么结果？那可真是"伤及无辜"！这种后果，李辉先生真没想过？所谓"投鼠忌器"，李辉先生当真不知？如此不假思索、匆忙上路，难道还不是"飙车"？

飙车的感觉确实很爽，然而人类文明的又一条底线却也被突破，那就是"即便证据确凿的罪犯，也享有不可侵犯的基本人权"。可是，当某些媒体和某些人因此群起而攻之，痛骂"骗子"、"流氓"的时候，老人的人格，可曾得到起码的尊重？没错，文怀沙不是"大师"。但不是大师，就一定是骗子？或者就"什么都不是"？至少也是"公民"吧！说得再绝一点，就算文怀沙是一个"杀人犯"或"强奸犯",是不是也还有受到起码尊重的权利?

　　欺人不能太甚,过度就是不公。我同意何三畏先生的观点:"只要是有价值的命题,对谁都可以质疑。但一定要有人格尊重。即便你'不喜欢的人',也跟你有同样人格。"然而李辉先生却"一开始就是凌厉的道德攻势,就没有把文怀沙先生摆在平等的人格上"。这就不可效法,也必须批评。因为如果大家都跟着他这样做,你也不尊重,我也不尊重,他也不尊重,大家都不尊重,则普天之下,请问谁还有被尊重的人格?

　　因此,我们还必须强调两条底线:一是"保护隐私",这就是"隐私原则";二是"尊重人格",这就是"人格原则"。它们与前面说的"真实原则"(证据确凿)和"公平原则"(立场公正),合为道德批评的"四项基本原则"。其中,证据确凿和立场公正,是"真的原则";保护隐私和尊重人格,是"善的原则"。守住这些原则,现代文明就近在咫尺;背弃这些原则,现代文明就远在天边。所言妥否,请李辉先生和衮衮诸公赐教。

　　　　　　　　(本文发表于《南方周末》2009 年 6 月 18 日 D23 版)

季羡林与收藏

钱文忠

季羡林先生的弟子、复旦大学历史系教授钱文忠近日撰写了这篇文章,授予《解放周末》独家发表。

与作为大学者的名声相比,作为大收藏家的季羡林先生,几乎不为外界所知

今年98岁高龄的季羡林先生是在国内外享有崇高地位的学术大家。从已经发表的部分日记来看,青少年时期的季羡林先生和同龄人一样,热爱各种在当时堪称新奇时髦的运动,比如,就读于清华大学期间的季羡林先生,就曾经热衷于手球。

但是,大学毕业后的季羡林先生很快就远赴德国留学,从此开始了他漫长而辉煌的学术生涯。此后的季羡林先生给我们的印象是终日青灯黄卷,与书籍和各种稀奇古怪的古代文字为伴。除了散步、爱猫,季羡林先生的作息一如德国哲学家康德,像钟表一般地准确而有规律。

我们当然不能说这样的印象不对。但是,这并不就等于季羡林先生没有自己的调节方式。接近季羡林先生的人都知道,老人家的自我调节方式很独特,那就是调整工作对象和工作方式:做专业研究做累了,季羡林先生就会转身去做一段翻译,或者是写一篇散文。

如果说,这样的调节依然是在工作的话,那么,就我所知,季羡林先生还有一种知者甚少的自我调节方式,那就是收藏,欣赏自己的藏品。与作为大学者的名声相比,作为大收藏家的季羡林先生,几乎不为外界所知。这主要是由于季羡林先生谦抑冲退的性格使然。其实,毫不夸张地说,季羡林先生还是一位重要的收藏家。

最早的藏品,是奖来的一副对联和一个扇面

季羡林先生的最早的藏品,是奖品。这是怎么回事呢? 在进入山东大学附属中学以前,乐于钓鱼摸虾的季羡林先生的学

习成绩虽然也居上游,却称不上出类拔萃。但是,在山大附中,季羡林先生的作文无意中受到了国文老师王昆玉先生的表扬,这就激发了年少学子的向学之心。结果,生平第一次考了一个甲等第一,平均分数超过 95 分,这在全校是独一无二的。当时山大校长兼山东教育厅厅长的是前清状元王寿彭,亲

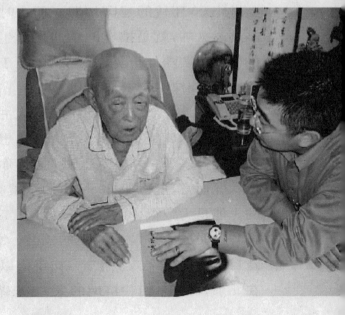

笔写了一副对联和一个扇面奖给他。从此,季羡林先生才开始认真注意考试名次,不再掉以轻心。结果两年之内,四次期考连考了四个甲等第一,威名大震。

这副对联和这个扇面,就是季羡林先生最早的藏品,一直保存至今,极受珍爱。有一段时间遍寻不得,当时以为,抗战期间,季羡林先生在德国留学,济南家里的生活无比艰辛,这些藏品可能被拿去易粮糊口了。先生还托人到济南打听寻觅过,当然杳无音讯。这还让素来豁达的季羡林先生很是叹息了一番。还好,终于有一天,王状元的墨宝从书深不知处冒了出来,老先生将它们挂在墙上,静静地欣赏了好一阵子。当时我在一旁,丝毫不敢打扰先生。因为我知道,正是这最早的藏品,将先生带回了自己的年少时代。

然而,这只能算是季羡林先生的无意收藏。

有意识的收藏开始于 1949 年之后,收藏起点极高

季羡林先生的有意识的收藏,开始于 1949 年之后,特别是上世纪 50 年代的建国初期。那个时候,旧时豪门不是变卖藏品逃离大陆,就是摈弃旧物迎接新生。一时间,千年古都北京的街头小店随处可见字画文玩,至于琉璃厂,更是充斥着名家剧迹,而问津者却寥寥无几。

季羡林先生曾经告诉过我,从主观上讲,他实在不忍心看着这些艺术瑰宝就此流散消亡,总想尽自己的力量,能够抢救多少就算多少。从客观上讲,他也确实有这个能力。至少就经济状况而言,上世纪 50 年代的季羡林先生是属于高收入阶层的。他是为数很少的一级教授,月工资 300 多元,此外还有担任各种职务的津贴和不少的稿费。总收入在当时是一个令人瞠目结舌的数字。上世纪 60 年代以前,季羡林先生独自生活在北京,每个月给住济南的太太、长辈寄去 100 元,这就可以过

相当宽裕的生活了。一子一女进京读大学，季先生也是每人每月给 15 元。就个人生活而言，季羡林先生除了买书、吃饭，再也没有什么大笔的开销。因此，他有相当的条件，来实现自己的心愿。

当年收藏界的现实状况，以及季羡林先生所具备的独特条件，就决定了他的收藏起点极高。高到什么地步呢？季羡林先生将自己的收藏下限定在了齐白石的作品，其余的都不及相顾。白石老人作品的价格，在当时绝非像今天这样高不可及，其低，同样可以让今天的我们为之咋舌。季先生收藏的第一批白石老人作品，是由好友吴作人先生介绍并且代为经手的。30元人民币，入藏的是 5 幅白石老人蔬果斗方精品，还都带有做工精细的老红木镜框！

季羡林先生收藏的白石老人作品多且精，有些是完全超出常人想象的，比如，季羡林先生就藏有白石老人的整开巨幅豹子。偶一挂出，精彩流淌，满屋生辉，观者无不目瞪口呆，不敢发一词。

收藏下限定在齐白石作品，由此生发出不少有趣的故事

收藏下限既然定在齐白石作品，也就由此生发出不少有趣的故事。十多年前，我协助季羡林先生的已故秘书李铮先生，为先生整理书房。我在一个旧柜子的底层，发现了用纸线绳草草扎着的一卷东西。打开一看，居然是两张各高 10 余厘米、长 100 厘米以上的手卷，一张是张大千的，一张是姚茫父的！我赶紧捧去给先生过目，先生茫然对我说："我不收藏齐白石以下的啊。"不一会，先生想了起来："当年字画业者度日维艰，我算是一个大主顾了，大概是我买得多，他们'饶'给我的吧！"这，岂不是意外之喜了吗？

季羡林先生学养深厚，自有鉴赏眼光。然而，在收藏的过程中，先生总是心怀慈悲，很少还价。有一段时间，也是当年的规矩，经常有"跑街"的厂甸人往先生家里送字画，请先生买下。先生照例香茶一杯，礼待来者。久而久之，不少"跑街"的也就和这位一级教授、大学者成了知心朋友。他们会直截了当地告诉先生，哪些是"开门"的，哪些是"说不好"的。季羡林先生就根据自己的判断加以选择购藏。

收藏的苏东坡《御书颂》，曾经遭遇过一次"失踪门"

如此这般，数量庞大的铭心绝品就进入了季羡林先生的收藏。苏东坡的《御书颂》就是其中之一。

说起这件藏品，其中还有一段故事。这是一件久已闻名收藏界的剧迹，过去价格高昂，一直深藏不露，有幸一亲芳泽者，自然极少。解放初期，掀起过一场"说老实话运动"，工商业，特别是文物古玩行业，尤受席卷。《御书颂》的主人就站出来"自动坦白"，说这幅作品是钩填的赝品。于是，这位原藏者就成了"说真话"的"模范标兵"。这样一来，这幅作品就乏人过问了。季羡林先生仔细研究了曾经入藏清宫、乾隆也为之题跋的《御书颂》，发觉在"真话"背后有太多的疑点，于是，出了在当时的情况下算得上是巨价的 500 元，将之买下。

季羡林先生的藏品，总有让人觉得匪夷所思的命运。这幅收藏的苏东坡《御书颂》，就曾经遭遇过一次"失踪门"。几年前，先生忽然想看看这幅字。这么重要的一件藏品，工作人员居然遍觅不着，只能告诉先生："看来找不到了。"季羡林先生淡然一笑："身外之物，找不到就算了。"过了一段时间，先生家里的保姆打扫卫生，竟然发现，先生的书桌案板底下（也有说是季先生睡床的床板底下）有人用胶带粘了一大卷东西，打开一看，正是这幅《御书颂》！一位助手赶紧向先生解释，因为怕丢了找不着,这才将它粘在书桌案板底下。季羡林先生也是一笑了之,只是说了一句:"有那么夸张啊?"后来他还专门有文字记述这次"失踪门"。

他的藏品,几乎可以印制一部中国明清字画史的精品图录

季羡林先生断然高价购买《御书颂》的举动,在当时的书画业界被传诵为"善举"。名家作品也就从深藏中纷至沓来。

季羡林先生的收入大多化成了藏品,在相当长的一段时间内,收入极高的他居然了无储蓄。

然而,也正因为如此,仇英、董其昌、文徵明、祝枝山、唐寅、"扬州八怪"等等的精品,都在特殊的历史条件下,进入了季羡林先生的收藏。

可以毫不夸张地说,季羡林先生的藏品,几乎可以印制一部中国明清字画史的精品图录。而且,其中颇多巨幅。

我曾和李铮先生一起,奉季先生之命,打算将一幅陈老莲的人物挂起来。季羡林先生在北大朗润园的住房层高并不算低,可是,这幅画还有三分之一无法悬挂张开,青花轴头只能无奈地耷拉在地上。季羡林先生坐在那把老旧的藤椅上,看着束手无策的我们。至今,我还能想起,季羡林先生脸上偶然一露的那一丝得意和调皮。

季羡林先生的藏品里,还有数量很大的文房雅玩

季羡林先生的藏品里,还有数量很大的文房雅玩。就砚台而论,沦陷期间,一位北平伪市长的著名收藏,大半都在季羡林先生处,数量有几十方,都是今天几乎看不到的妙品。就印章而论,田黄、田白、芙蓉也不在少数,不少是白石老人等名家

佳镌。

故宫曾经用过一枚随形章,文曰"上下五千年纵横一万里",陈曼生名作,章料是一方将军洞白芙蓉,原配银托,这也是季羡林先生的藏品。

今天已经是价格惊人的旧纸、旧墨,在季羡林先生处,也是所在多有。季先生钟爱的独孙大泓就曾经用旧墨旧纸猛练大字,季先生看到了,也是笑笑,如此而已。

想起来也真是奇怪,这部分文玩,也曾经遭遇过一场"失窃门"。某一天,小偷由底楼阳台闯入,撬开了季羡林先生的书桌抽屉。里面就满是名家所刻的田黄、田白、芙蓉。还好,这个小偷断乎不是一位"雅盗",只拿了一把电动剃刀、一把瑞士军刀,就扬长而去了。第二天,我去看季先生,听说此事,为季先生感到庆幸之余,和他开玩笑耍贫嘴:"先生啊,您一看就不是我干的吧?"先生的回答很让我开心:"文忠,你就这么个眼光啊?"

这些古旧文物雅玩,也不仅是季羡林先生一人的藏品。主要是字画,有一部分就是师母从济南带到北京的,那口几乎可以躺下一个大孩子的铁皮画箱,后来先生也一直用着。很多人知道,师母彭女士教育程度不高。但是,很少有人知道,师母出身于一个大家族。旧时大家女子所着重者在德容,而不在文才。

让我们觉得比较奇怪的是,季羡林先生的藏书数量巨大,就此而言,在北大应该是可以排第一的。但是,先生似乎并不特别在意善本古籍的收集。或许,这乃是受了陈寅恪先生影响所致。众所周知,陈先生一般都使用通行版本,至少不完全以藏书家的标准来判断古籍的价值。不过,话又说回来,当时很多的廉价版本书,在今天也是动辄以万元计价了。

就季羡林先生的藏书而言,能够入傅增湘、张元济、徐森玉、郑振铎等先生慧眼的名贵版本固然不多,但是,明清善本还是颇有一些的。季先生藏书的特色在于注重域外出版的冷门学术经典的收藏。留德十年期间，季羡林先生节衣缩食，除维持生活外，其余的钱几乎全部用来买书了。领域既然冷僻，这些书的印数自然也就很少，其中有不少种在国内是孤本。

先生收藏生涯中的最大遗憾，也是和书有关的。"跑街"曾经给先生送来一套宋版《资治通鉴》，索价甚昂。一时间，先生手头没有那么多现钱，于是就只能失之交臂。先生曾经多次对我提起此事，惋惜之情溢于言表。

在疯狂的"文革"岁月，季羡林先生的收藏自然也被抄没了，其中有些珍品还曾经入过康生、江青之手，留下了堪作历史印记的他们的"收藏章"。然而，最为难能可贵的是，季羡林先生的这些收藏并没有因此散失。"文革"以后，由于季羡林先生的清华同学、多年好友胡乔木的关心过问，基本完好无损地归还给了季羡林先生。这不能不说是季羡林先生个人的幸事，可是，难道不也同时是中国文化的一大幸事吗？

季羡林先生有一个习惯，也使得他在无意中积累起很可观的藏品

上述的收藏已经足以使季羡林先生居于收藏大家之列了。然而，季先生的收藏还远远不止这些。

在漫长而辉煌的教育、研究、写作生涯里，季先生所交往的自然是一国之俊彦。启功、钟敬文、臧克家、吴组缃、周一良、饶宗颐、范曾、欧阳中石、刘炳森等，也经常以自己的作品，以及自己购藏的文物工艺品相赠。这些藏品无论是在数量、价值上，即或是在价格上，都是非常可观的。

季羡林先生有一个习惯，也使得他在无意中积累起很可观的藏品：只要是有字的纸，一律不予丢弃。大家可以想想，今年已经是 98 岁的季羡林先生，会积累起多少名人信札墨迹啊？

当然，这样的习惯，也给季先生带来过无妄之灾。"文革"中，季先生站出来反对炙手可热的聂元梓。季羡林先生觉得自己一生清白，和各类"反动派"绝无交往，因此，"底气十足"。谁知道，一抄家，就抄出了一堆印有包括蒋介石、宋美龄在内的各种画像的书刊杂志，至于胡适签发的聘书、写来的书信，那是更在其次了。这难道还不是历史兼现行"反革命"吗？多年后，季羡林先生多次谈到此情此景，直让我们唏嘘扼腕。

至于季羡林先生自己的几乎没有中断过的日记、大量的手稿、书稿、信札、书法，在今天自然也已经被很多人列入收藏品了。这些东西的数量，套用一句佛经里的话，真可谓是"恒河沙数"，更是无从计算了。

（原载《解放日报》2008 年 12 月 19 日第 13 版）

今天，我们为什么还要读《三字经》

钱文忠

在刚刚过去的春节假期里，有一种品尝叫《三字经》。

总长 43 集的《钱文忠解读〈三字经〉》，自农历正月初二在央视《百家讲坛》推出之后，引起许多人的关注与热议。

《解放周末》特请主讲人、复旦大学历史系教授钱文忠撰写了此文，现予发表，以飨读者。

我很愿意借《解放周末》就录制节目及编撰相关图书过程中的一些感想，向大家作一个简单的汇报，也借此机会向大家请教。

《三字经》是我们既熟悉又陌生，甚至可以说，是我们自以为熟悉其实非常陌生的一部书

在绝大多数中国人，特别是汉族人的心目里，《三字经》可谓是再熟悉不过了。有谁会承认自己不知道《三字经》呢？然

而，真实情况又是怎么样呢？传统的《三字经》总字数千余字，三字一句，句子也无非三百来句。但是，恐怕绝大多数人都只知道前两句"人之初，性本善"；知道紧接下去的两句"性相近，习相远"的人数，也许马上就要打个大大的折扣了；可以随口诵出接下来的"苟不教，性乃迁。教之道，贵以专"的人，大概就寥寥无几了。同时，我们心里却都明了：这只不过是《三字经》的一个零头罢了。也就难怪，在近期出版的一本列为"新世纪高等学校教材"的教育史专著里，就竟然连引用《三字经》都引用错了。这只有用自以为烂熟于胸后的掉以轻心来解释。

仅此一点，难道还不足以说明这么一个事实：《三字经》是我们既熟悉又陌生，甚至可以说，是我们自以为熟悉其实非常陌生的一部书？

说"熟悉"，在今天无非只是一种自我感觉而已，在过去则是不争的事实。《三字经》是儒家思想占据主流地位的传统中国社会众多的儿童蒙学读物里最著名、最典型的一种，且居于简称为"三百千"的《三字经》、《百家姓》、《千字文》之首。宋朝之后的读书人基本上由此启蒙，从而踏上了或得意、或失意的科举之路。读书人对于它，当然是萦怀难忘的。在这样的大背景下，就连传统中那些通常认字无几，甚或目不识丁的底层百

姓，起码也对"三字经"这个名称耳熟能详，时常拈出几句，挂在嘴边。歌剧《刘三姐》中有一个场景：一群方巾学士结队来和刘三姐斗歌，摇头晃脑，引经据典，诗云子曰。显然没有受过儒家教育的刘三姐面对这群不知稼

稿的膏粱纨绔，俏皮而尖刻地直斥"饿死你个'人之初'！"正是一个好例。

说"陌生"，情况就比较复杂了，需要分几个方面来讲。就算在传统中国，《三字经》被广泛采用，真到了家喻户晓、影响深远的程度。但是，倘若就据此认为，传统的中国人就都对《三字经》有通透而彻底的了解，那也未必。证据起码有以下几个方面。

首先，正是由于身为童蒙读物，《三字经》才赢得了如此普遍的知晓度。然而，却也正因为身为童蒙读物，《三字经》也从来没有抖落满身的"难登大雅之堂"、"低级小儿科"的尘埃。成也萧何，败也萧何，正此之谓。中国传统对儿童启蒙教育的高度重视和对童蒙读物的淡漠遗忘，形成了巨大的反差。

确实，清朝也有过那么一些学者探究过秦汉时期的童蒙读物，比如《史籀篇》、《仓颉篇》、《凡将篇》、《急就篇》等等，但是，他们的目的乃是满足由字通经的朴学或清学的需要。至早出现于宋朝的《三字经》自然难入他们的法眼，绝不在受其关注之列。久而久之，即使在中国教育史上，也就难以为《三字经》找到适当的位置了。这大概很让中国教育史的研究者尴尬。在一般的教育史类著作里，我们很难找到《三字经》的踪迹，起码看不到和它的普及度相匹配的厚重篇幅。陈青之先生的皇皇巨著《中国教育史》被誉为"资料翔实，自成系统，被列为大学丛书教本，有较大的影响"，是"内容更详尽、体系更宏大、理论色彩更浓厚的中国教育通史著作"。这些评价，都是陈书当之无愧的。然而,遗憾的是,在其中依然难觅《三字经》的身影。这是很能够说明问题的。

如此普及的《三字经》居然连作者是谁都成了问题,这是很值得我们深思的

其次,当然也是上述原因影响所致,如此普及的《三字经》居然连作者是谁都成了问题,这是很值得我们深思的。

传统中国的版权和知识产权概念本来就相当淡漠。在这样的大背景下,《三字经》的作者也许还因为它只不过是一本儿童启蒙读物,而不在意,甚或不屑于将之列入自己名下,也未可知。后来的学者,即便是以考订辨疑为时尚的清朝学者,大致因为类似的缘故,也没有照例将《三字经》及其作者过一遍严密的考据筛子。关于《三字经》的作者问题,当代最重要的注解者之一顾静(即金良年)先生在上海古籍出版社本的《三字经》的"前言"里,作了非常稳妥的交待。《三字经》甫问世,其作者已经无法确指了。明朝中后期,就有人明确地说"世所传《三字经》",是"不知谁氏所作"的。于是,王应麟、粤中逸老、区适子都曾经被"请来"顶过《三字经》作者之名。可惜的是,此类说法都不明所本。到了民国年间,或许是因为"科学"之风弥漫了史学界,就有"高手"出来,将《三字经》的成书看成是一个过程。说到底,无非是将可能的作者来个"一勺烩":由王应麟撰,经区适子改订,并由明朝黎贞续成。如此而已。现在,还有很多人倾向于认为《三字经》的作者是宋朝大学者王应麟。当代另一位《三字经》的功臣刘宏毅博士在他的《〈三字经〉讲记》里就是持与此相近的态度。不过,我以为,可能还是以顾静先生概括的意见更为稳妥:"世传"、"相传"王应麟所撰。

第三,也许是最重要的一点,古人蒙学特别看重背诵的功夫,所谓"读书百遍,其义自见",蒙学师基本不负讲解的责任。

《三字经》等童蒙读物主要的功能就是供蒙童记诵。更何况，古时的蒙学师，绝大多数所学有限，不能保证能够注意到《三字经》本文中的问题，更未必能够提供清晰有效的解说。偶或也会有博学之士为孩童讲解，但是，又绝无当时的讲稿流传至今。因此，面对童蒙读物《三字经》，我们并没有完全理解的把握。这方面的自信，倘若有的话，那也终究是非常可疑的。

"人之初，性本善。性相近，习相远。"这四句，表面上看，没有任何难解的地方，甚至根本不需要任何解释。可是，真的是这样吗

我在这里，就拿《三字经》的前四句做个例子。"人之初，性本善。性相近，习相远。"这四句，许多人都可以琅琅上口，表面上看，没有任何难解的地方，甚至根本不需要任何解释。可是，真的是这样吗？

既然"性本善"，怎么紧接着就会说"性相近"呢？难道不应该是"性相同"吗？这里岂不是明显存在着逻辑问题吗？更何况，"人之初，性本善"又究竟是哪一位儒家大师讲的话呢？对不起，没有任何一位儒家大师说过"人之初，性本善"。那么，我们究竟应该如何来解释和理解呢？

我们一定要注意，儒家对于人性是善是恶的看法并不是统一的。儒家关于人性的理论主要有三派：性善、性恶、性有善有恶。其实，西方的思想家也有类似的分法。这方面的争论从来就没有停歇过，大概也没有哪种说法可以定于一尊。

比如孔子，他是持人性有善有恶的看法的，并没有下过断言。荀子则是认同性恶的。而孟子却是倾向于"性善"的。

孟子性善说的根据是什么呢？《孟子·公孙丑上》讲："无恻隐之心，非人也；无羞恶之心，非人也；无辞让之心，非人也；无是非之心，非人也。"人之所以为人而不是禽兽，就是因为有这"四心"。然而，凭什么说，人都有这"四心"呢？《孟子·告子上》讲："口之于味也，有同耆焉；耳之于声也，有同听焉；目之于色也，有同美焉。至于心，独无所同然乎？"《孟子·公孙丑上》里还举了一个例子："今人乍见孺子将入于井，皆有怵惕恻隐之心。非所以内交于孺子之父母也，非所以要誉于乡党朋友也，非恶其声而然也。"孟子认为，这样善良的心理情感就是人性善的基础。

我们认真地思考一下，就会发现，孟子的逻辑是有欠严密的：其实，没有办法证明人都像孟子所希望的那样有"四心"；也不能保证人之于"味"、"声"、"色"皆有同样的感觉。无论多么不愿意，我们都不能不说，性善论的论证基础是很薄弱的。

尽管如此，我们还是可以看出，《三字经》主要是顺着孟子一脉来讲的。但是，要么是《三字经》的作者没有能够把握孟子的真实思想；要么就是他根据自己对孟子的理解，有意或无意地将"性（向或趋）善说"推到了绝对化的"性本善"的绝境，那其实已经是谬误了。

正因为《三字经》是最普及的童蒙读物，原本近乎向壁虚造的、在儒家思想里根本不存在的"人之初，性本善"，竟然也就借势喧腾于人口，并由此深入人心。由"向"偷换到"本"，流波所及，关系极大。既然"性本善"了，那么，《三字经》的首要核心概念道德的"教"与"学"也就几乎成了无的之矢，顿时失去了前提和理由，余下的似乎也只能是技能方面的"教"与"学"了。毫无疑问，这肯定是和《三字经》所要传达的理念抵牾的。

这一个"本"字，对中国传统的文化心理带来的影响之大，远非我们所能想象。著名的美籍华裔学者张灏教授在其名著《幽暗意识与民主传统》中，有非常精当的论述，粗略的大意是：西方传统中，只有上帝是无罪的，人则都是有原罪的。换句话说，人性是恶的，或者有着不可忽视的恶的可能。因此，对谁都不可以无条件地信任，不能把权力集中起来交付给任何一个人，必须有法制来加以约束。而在中国，由于大家相信或是以为人性本善，那么，就可以用某种特殊的教育方式使得人人皆可为尧舜、满街都是圣人。于是，只要确信找到了一个"圣王"，就应该将一切都无条件地交托给他，哪里还有法制的必要呢？

尽管这里只能做最简单的介绍，但是，难道不已经足够让我们悚然了吗？说到这里，我们不禁会有点担心，接着"人之初，性本善"，《三字经》还怎么能够讲下去呢？幸好，紧接下来的"性相近，习相远"是确凿无疑地出自《论语·阳货》的，被戴上了莫名其妙的帽子的《三字经》正是接着这六个字铺陈开去。我想，其实《三字经》就以此两句开头或许更好。

我就以《三字经》开头的两句作例子，无非是想说明，我们其实对这部传统的童蒙读物并不熟悉，更谈不上有准确彻底地理解的把握。类似的例子，在《三字经》里所在多有，俯拾便是。不费一番力气，恐怕是读不懂当年的孩童读的《三字经》的。何况在今天，对于传统的了解，五岁的孩童和五十岁的成年人之间大概并没有多大的差距吧。

《三字经》及其所传达的思想理念，既是中国的，又是世界的；既是传统的，又是现代的

当然，貌似熟悉实则陌生，并不是我们在今天还要读《三字经》的唯一理由。我们还有很多其他的理由。

刘宏毅博士算过一笔很有意思的账。就识字角度论，小学六年毕业的识字标准是 2450 个汉字。现在很多孩子早在幼儿园里就开始学习认字了。照此算来，平均每天还学不到一个字。《三字经》一千多个字，背熟了，这些字也大致学会了，所花的时间应该不用半年。

不过，更重要的还是如顾静先生所言："《三字经》三字一句的形式及简明赅备的内容——前者语句简洁、抑扬顿挫，故而琅琅上口而易记易诵；后者则以短小的篇幅最大限度地涵盖中国传统社会的各种常识，提挈儒家文化的基本精神。通过《三字经》给予蒙童的教育，传统社会在一定程度上规定了一个人在社会化过程中建立起来的内在价值取向与精神认同。"

已经有几百年历史的《三字经》依然有着巨大的生命力。在过去，包括章太炎在内的有识见的学者，多有致力于《三字经》的注释和续补者。模拟《三字经》形式的读物，如《女三字经》、《地理三字经》、《医学三字经》、《西学三字经》、《工农三字经》、《军人三字经》、《佛教三字经》、《道教三字经》层出不穷，风靡天下。近期，文化部原常务副部长高占祥先生还创作了《新三字经》，同样受到了广泛的关注。

《三字经》早就不仅仅属于汉民族了，它有满文、蒙文译本。《三字经》也不再仅仅属于中国，它的英文、法文译本也已经问世。1990 年新加坡出版的英文新译本更是被联合国教科文组织选入"儿童道德丛书",加以世界范围的推广。这一切,难道还不足以说明,《三字经》及其所传达的思想理念,既是中国的,又是世界的;既是传统的,又是现代的吗?

改革开放 30 年来的中国,在经济、社会等领域都取得了令世界为之瞩目的巨大成就。民族的复兴、传统的振兴、和谐的追求,都要求我们加倍努力增强文化软实力的建设。我们的目光紧盯着远方的未来,正因为此,我们的心神必须紧系着同样也是远方的过去。未来是过去的延续,过去是未来的财富。

不妨,让我们和孩子们一起,怀着现代人的激情,读一读古代人的《三字经》。

（原载《解放日报》2009 年 2 月 6 日第 13 版）

图书在版编目（CIP）数据

激荡：文化讲坛实录.5/尹明华主编. —上海：上海
三联书店,2009.8
ISBN 978-7-5426-3120-6

Ⅰ.激… Ⅱ.尹… Ⅲ.文化学-文集 Ⅳ.G0-53

中国版本图书馆 CIP 数据核字(2009)第 145784 号

激荡：文化讲坛实录5

主　　编 / 尹明华

责任编辑 / 黄　韬
装帧设计 / 鲁继德
监　　制 / 任中伟
责任校对 / 张大伟

出版发行 / 上海三联书店
(200031)中国上海市乌鲁木齐南路 396 弄 10 号
http://www.sanlianc.com
E-mail：shsanlian@yahoo.com.cn
印　　刷 / 上海市印刷二厂有限公司

版　　次 / 2009 年 8 月第 1 版
印　　次 / 2009 年 8 月第 1 次印刷
开　　本 / 787×1092　1/16
字　　数 / 300 千字
印　　张 / 16.5

ISBN 978-7-5426-3120-6/G・993
定价：38.00 元